僕への旅

久保田ふみお

一茎書房

カバー絵　塚本幸男
本文カット　久保田ふみお

目次

おっちゃん

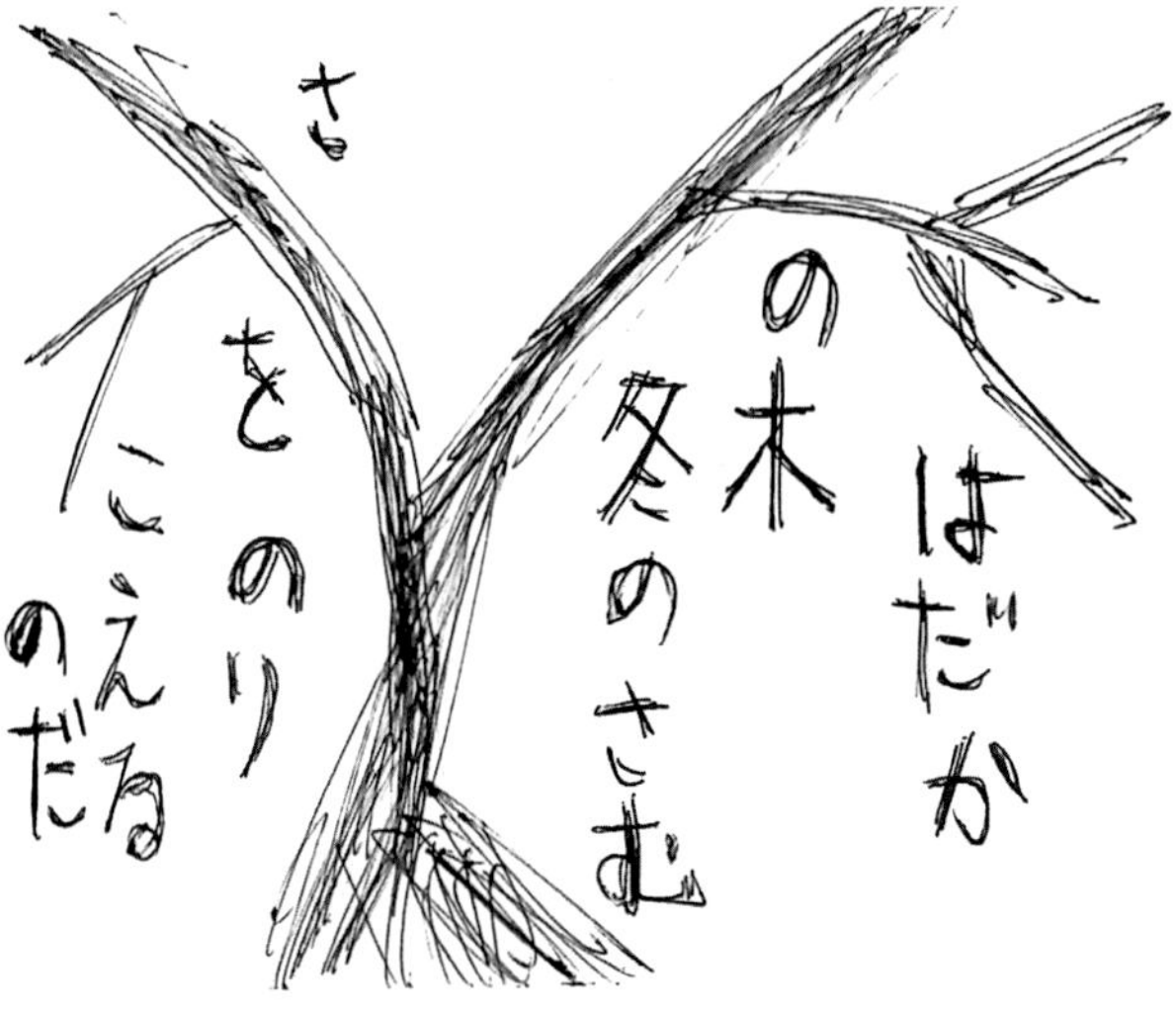

「原田三郎ー。お前、お金持ってるか」

　先輩の松本幸二郎は三郎に聞いてきた。

「お金は持ってないわ」

と三郎は軽く返事をした。

　すると、松本が、

「お前、今度な。二人で釜ヶ崎にアルバイトをしに行かへんか」

と言った。

　三郎は、松本にアルバイトのことをくわしく聞いた。釜ヶ崎の仕事をするには、朝四時半に起きて、六時までには到着しなければならないと言うのであった。そうしないと送迎用のワゴン車に乗れないのである。三郎は、松本と仕事に行くことに決めた。

三郎は秋も深まったころ、松本と二人で、新今宮の愛隣総合センターに仕事を探しに行った。手配師のワゴン車を見て回った。いろいろな仕事があった。その中に、

「かたづけ三千五百円」と、書いてある掲示板があった。二人はこれだなと思い、すぐにワゴン車の中に入って、出発を待った。

車の中には、中年のおっちゃんたちが十人ぐらい乗っていた。外に比べて車の中は暖かかった。年配の労働者たちはみな、静かに外を見ていた。

三郎が、

「かんたんな仕事でよかったなー」

と言うと、松本も頷いた。

朝六時になり、ワゴン車は大阪の西宮市に向かった。仕事場は、川の下流の波止場であった。ごみをかたづけたり、ボルトのネジをはずしたりするの

である。

仕事は、男だけしかいなかった。途中、女事務員が監督さんに伝票を持って来た。

するとと松本が、

「いい女やね。ここに来るとどの女もきれいに見えてくるな」

と三郎に話してきた。三郎は頷きながら本当にそうだと思った。

「ここは人の心を異常にすんね。長くいるほど性欲が高まってくるね」

と返事をした。

空を見上げると、空は透明であった。宇宙に体が引き込まれそうになった。川の果ては海へとつながっていた。三郎はここへ働きに来てよかったと思った。

三郎は木枠のくぎを抜き終わった。現場監督が、

「次はここのボルトのネジをはずしてな、兄ちゃん」

と三郎に言った。

三郎は頷くとボルトのネジをはずし始めた。

周りのおっちゃんたちは黙々と仕事をしていた。三郎も頑張ってやるぞと自分をはげました。


ボルトのネジを抜いていると、昼のサイレンがなった。

松本と、おっちゃんたちと三郎は、そろって昼ご飯を食べた。みんなで食べるご飯はとてもうまかった。

三郎は松本に、

「先輩、これで三千五百円。なかなかええ仕事やね」

と言うと、松本が、

「原田。お前もそう思うか。実はおれもそう思ってんねん……」。

と、大きなため息をつきながら答えた。

「兄ちゃん。学生アルバイトさんか」

四十代のおっちゃんが、三郎に話しかけてきた。

三郎は、ニコニコしながら応対した。三郎は、この世の中で一番えらい者は、日々まじめに働く労働者だと思っていた。

今度は、三郎がおっちゃんに、

「おっちゃんは、もうこの仕事長いんか」

と聞いた。

すると、おっちゃんが、

「そうやなー、もう二十年はしてんな。わしはもう、こんな仕事しかでけへんねん」

と寂しそうに答えた。

三郎は次の返事に困ってしまった。三郎が尊敬している労働者と今、話しているのに……。しかし、何を話してよいかわからないのであった。

すると、もう一人の労働者が三郎に言うのであった。

「兄ちゃん。もうこんな所に来たらあかんで……。ほかの仕事が、できんようになるで……。そやから来たらあかんで……」

そのおっちゃんの顔は真剣であった。

波止場の波はとても静かであった。秋の空は増々澄みきっていった。三郎の満腹したおなかは、心地好い世界へ解けて行くようであった。とても気持ちがよくなり眠たくなってきた。もうろうとした中で、原田三郎は思った。ここのおっちゃんらはしっかり働いているやんか。なんでここにぼくが来たらいかんのやろう……。

三郎は思いあまって松本に聞いてみた。

「なんでここに来たらあかんの……」

松本は、タバコを深く吸って、ためらいがちに、三郎の方を見た。三郎はどんな返事が返ってくるかと思った。それは、三郎が予想もしなかった言葉であった。

「それはな。ここの仕事が簡単やからやろ」

と松本は言った。

「えー、簡単。けっこうたいへんやで、ここの仕事は……」

と三郎は、松本に言い返した。なぜ、こんなたいへんな仕事をしているのに、ここに来たらあかんと、おっちゃんは言ったんやろうか……。

昼の弁当はとてもうまかった。しかし、原田三郎の心は落ち着かなかった。なぜ、釜ヶ崎の愛隣総合センターに来てはいけないのだと、疑問が深まるばかりであった。

　三郎は、岡林のぶやすの歌を口ずさんだ。

「今日の仕事はつらかった。後はー、焼酎をあおるだけ。どうせ、どうせ山谷のどや住まい、ほかにーすることー、ありゃしねえーー。ビルも、ビルも道路もできゃしねーーえーー、おれたちが、いなけりゃーー、できゃしねえーー」

そうなんだと思った。ここの労働者がいるから、日本は助かっているのだ。

　休憩が終わり一時から、また仕事が始まった。五時までが仕事である。また三郎は波止場にあるボルトをはずした。はずしてもはずしても、ボルトは続いていた。

　時間がたつにつれて、疲れてきた。午後の夕日をあびながら仕事をした。労働する喜びと苦しさを三郎は同時に味わった。三郎にとって、今日は貴重な一日であった。

夕日はもうすぐ、海のかなたに沈もうとしていた。

五時のサイレンが高らかに鳴った。サイレンの音は三郎に、もう仕事は終わったぞと言いたいように鳴った。三郎にはサイレンの音が母の子もり歌のようにやさしく響いた。

仕事場はとても広かった。手配師が、現場まで迎えに来ていた。

手配師は三郎と他のおっちゃんたちに、

「ご苦労様。これから、大阪に向かいまっせ」

と言いながら、いたわってくれた。

ワゴン車は西宮から大阪に向かった。車の中で隣のおっちゃんが三郎に、

「どうや。仕事はたいへんやったやろう」

と聞いてきた。

三郎は、

「いいえ、ちっとも。おもろかったですわ」

と返事した。新しい世界にとび込んだのが、新鮮だった。また、知らない世界に、こんなに楽しい所があるとは思わなかった。

先輩の松本は、ただ黙って外を見ていた。沈む夕日を見ていた。

帰りの途中、手配師の住むマンションに近づいた。車が大きな塀のある前で止まった。車が止まると、すぐにジーパン姿の奥さんがとび乗って来た。

手配師が、

「今日の日当は三千五百円だっせ。みなさんご苦労さん……」

と言うと、続けて奥さんも、

「ほんまにご苦労さんでしたね。忘れんようにもろうてくださいよ」

と言いながら、車の中のおっちゃんたちにお金を渡していった。

三郎は、奥さんの声に甘い蜜を感じた。同時に、十七歳の三郎はおっちゃんたちの異様な目も感じた。おっちゃんたちは、手配師の奥さんを嘗めるように見ていた。その目は飢えた狼が、獲物を見つめる目であった。三郎はおっちゃんたちと自分の目が重なり合ったと思った。これは人間という種の悲しみであった。多くの男たちのムンムンとする世界にいると、女をほしくなるものである。

突然奥さんの手から三郎に日当が手渡された。

「はい……」

三郎は、奥さんの服から出る甘い香りに悩殺された。三郎はいつまでも、この匂いをかいでいたいと思った。

奥さんは、次のおっちゃんにもお金を渡した。三郎は、奥さんから出る匂いを追いかけた。追いかけながら深い陶酔の世界に入っていった。

松本の方を向くと、やはり同じように深い息をして、匂いをかいでいた。松本も三郎と同じ思いであることを知った。三郎は松本になんとなく親近感をもった。

数分間が過ぎた後、手配師の奥さんがみんなに、

「全員、お金を貰いましたか……」

と、聞いてきた。三郎には、その声がとても切なく聞こえた。その声を聞きながら、三郎は、性欲の激流に翻弄されてしまいそうになった。

性欲的な発想は切り捨てるものであり、切り捨てねばならないのだ。だから、性欲的感情が、三郎の心を支配するのが堪まらなく嫌であった。段々三郎は苦しくなってきた。どうすればよいのだろうか、どうすればと三郎は自分を追い詰めていった。

奥さんはみんなに、

「今日は、ご苦労様でした……」

と言うなり、大きなお尻をプリプリさせながら、ワゴン車を降りて行った。

高校生の三郎は、大人の危険な味を一瞬かいま見たような気がした。隣のおじさんが三郎に……

「あの奥さん、いいね」

とボソッと言った。三郎は、おっちゃんの「いいね」と言う言葉に大きな不快感を感じた。このおっちゃんもまた、ぼくと同じ深い陶酔の世界に入っていたんだと感じた。すると、どうしようもない苛立ちを覚えた。

そんなことを考えていると、車は釜ヶ崎の愛隣総合センターに着いた。三郎はやっと、安堵の顔が戻ってきた。車から降りるとすぐに、国鉄の環状線に乗った。松本も一緒だった。

車内で三郎は、若い十代のＯＬを見た。何か堪まらない感情が体の中より生まれてきた。堪まらない感情は三郎を襲った。三郎は神様が女をレイプせよと、命令をくだしていると思った。外を見ているＯＬはマリア様のように神々しかった。よく見ると寂しそうであった。しかし、三郎は肉体の欲望に負け、襲いそうになった。

車内のＯＬと、さっきの手配師の奥さんが重なって見えた。彼の性的衝動は増々高まっていくのであった。

三郎は、ＯＬを見ていると、自分の性的欲望をコントロールすることができなくなっていった。どうしてよいかわからなくなっていった……。

三郎は次の日曜日、今度は一人で働きに行った。五時に起きて行った。この前より家を出るのが三十分遅かった。まにあわないかもしれないとあせた。電車の中で、絶対六時までにつけよと、祈っていた。

梅田駅で、環状線に乗り換えた。日曜日でも、会社に出勤するサラリーマンがたくさんいた。前の座席に十代のＯＬが座っていた。うつろな目でＯＬは、前を見ていた。先週の日曜日の帰りに味わった性的高まりはもう覚えなかった。三郎はほっとした。車内に朝日が眩しくさし込んでくるのを感じた。お日様はどこまでも三郎を照らしていた。お日様は三郎の全てを見ていた。三郎はお日様に照らされて、生きていてよかったと思った。

今日は、自分の前に座ったＯＬがとても美しい女性に思えた。三郎の母も、若い時はこんなに美しかったのだろうかと思った。やはり神様はおり、三郎に清らかな美しさを示してくださったのだと、感謝した。

隣の紳士は、黙々と新聞を読んでいた。紳士は我関せずという態度で、ただひたすら新聞を読んでいた。

環状線の駅に止まるたびに、車内は混み始めてきた。愛隣総合センターには六時までに行けないと思った。遅刻すれば、手配師の用意した車に乗ることができないのである。三郎は隣の紳士に時間を聞いてみた。もう六時十分であった。

新今宮駅に着いた。彼は投げるようにして切符を渡し、階段を走り降り、愛隣総合センターに急いだ。六時二十五分に到着した。手配師のワゴン車は出発してしまっていた。

ぐるっと見回しても、仕事場へ労働者を運ぶワゴン車は、一台もなかった。あぶれたおっちゃん達がいるだけだった。

三郎の身体に、どっと疲労の色が表れた。ああー、ここまでの交通費がもったいないと思った。

「ちくしょう」

と、三郎は歩きながら繰り返した。三郎は愛隣総合センターのホールの端に座った。ぼーっと、二十分ほど過ごした。今日のぼくは何だったのかと、自分の心の中に繰り返した。もう動きたくなかった。

愛隣総合センターの中で、多くの労働者が歩いたり、立ち話をしていた。三郎の目に映る物は、すべて悲しく見えていた。自分の着ていた服もだらしなく、体に貼りついているようだった。十七歳の三郎の心はすべてが灰色になった。

やがて三郎は、力をとりもどして、天王寺公園の方へ歩き始めた。何かが始まることを期待して歩いていった。いや、そこには何もなくても三郎はそれで充分であった。

三郎は、秋の日の風を受けながら歩いて行った。やさしい風を受けると、心が少しずつ明るくなってきた。

天王寺公園の裏では、小劇場の団員たちがテントを組んでいた。三郎はこの後、天王寺公園の大阪市立美術館に入って、絵でも見て帰ろうかと思った。しかし、時間はまだ午前七時三十分であった。美術館の開館は九時三十分からである。時間はまだまだあった。

しかたなく三郎は、公園の隅の段差になっているセメントの上に、腰かけた。三郎は座ってぼーっとしていた。すると一人の労働者が寄って来て、横に座った。

労働者は、

「何をしてんの……」

と、三郎に話しかけてきた。それは、自然な響きであった。彼の懐の中に、スーッと入ってくる力を持った言葉であった。

三郎は困ってしまった。「何してんの」と言われても、何もしていないからである。

天王寺公園には、点々と花が咲いていた。赤や黄色の花があった。三郎は天国に少し近づいたような気がした。

「えー。何もしてないねん。今なー。美術館が開くのを待ってんねん」

「あー。美術館が開くのを待ってんの」

と男は言った。男は身長百九十センチはある巨漢であった。とても太い腕をした男であった。がっちりした体の中からは性欲の臭いがムンムンとしていた。

三郎は訳もなく男の腕をつかんだ。

腕をつかみながら三郎は、

「おっちゃんの腕、太いなー」

と言った。

「そう思うか」

と男は言いながら、誇らしげに腕に力を入れて、力こぶを作った。さも、自分の肉体を女に示すかのようなしぐさであった。男の顔は恍惚とした状態になってきた。眉毛が落ちんばかりに垂れ下がっていた。

「実はな。おれ、きのう二十歳の男の子とカマホッテン……」

と男は言った。三郎はカマホッテンとは何のことだろうと思った。セックスをきのうしたことはわかった。だれとしたかがわからない。対象はひょっとして、男と……。男とセックスをする。

あれー、このおっちゃん。今日は原田三郎というぼくと、セックスをしたいと言っているのか……。

「よかったな。おっちゃん」

するとと男はますます、腕に力を入れて、

「いいと思うやろ。わしなー、その子を何回もいかせてん」

と、三郎をさそう目で、女を口説くように話した。三郎は、なんとも悲しい性を感じた。

この巨漢の男のセックスをしたい気持ちはよくわかる。しかし、何もおれを性の対象にしなくともよいと思った。そう思うと、三郎はぞっとしてきた。

ここの釜ヶ崎の地に女が少ないことが、気になった。そういえば三郎が手配師のワゴン車の中で感じた、女に対する執着心の高まりは何だったのかと思った。そう思うと、この巨漢のホモ男といるのがいやになった。

美術館に入ることもせず、三郎は男から去って行った。

「じゃーね、おっちゃん」

と三郎は言った。ホモ男は、若い獲物を逃したと言わんばかりに、

「もう行くの。まだ、ええやんか」

と、三郎の目を見つめた。その目は、獲物を探したら放さないという鷹の目

であった。鷹の目から、逃がれるために三郎は、新今宮駅に急いだ。もう体が、ほとほと疲れていた。交通費でお金を使うし、ホモ男から誘われるし、今日はついてない一日だった。

来週の日曜日こそ、六時までに釜ヶ崎の愛隣総合センターに仕事に行こうと思った。

よし、今日こそ仕事に行くぞと、思いながら、原田三郎は釜ヶ崎に向かった。始発の電車に乗った。

電車の中は、少し寒かった。段々と冬へ向かっていくのを感じた。どうやら今日は仕事にありつけそうな気がした。

早朝の電車の中は、とても寂しかった。乗る人が年配の人ばかりで、みんな生活に疲れているようであった。寂しい車内と、いつもより朝はやく起きたせいで、頭がボーッとしていた。

心は明るくなり、段々と浮き浮きしてくるのを感じた。今日は、絶対に仕事ができると思った。

新今宮駅に着くなり、愛隣総合センターに走って行った。今日は間に合った。愛隣総合センターには、たくさんのワゴン車が止まっていた。ワゴン車の窓には、仕事内容と日当が書いてあった。三郎はどれがよいかと考えた。

一万円のセメントうち。一万二千円の穴掘り。……

その中から『かたづけ、三千五百円。弁当あり。』という募集の札を見つけた。これだと思った。その札をつけたワゴン車は、この前に乗った車であった。手配師は同じ人だった。しかし、この前、一緒に働いた労働者は一人もいなかった。

三郎は、ワゴン車の中にスーッと乗っていった。

　三郎が乗ってから、二十分ほどが経って車は出発した。

　今日の仕事の内容を、手配師は車を運転しながら説明した。

「仕事は、大阪の高槻の方ぜっせ。途中で、わしの家の前に止まり、弁当を配りまっさかいに、よろしくたのんまっせ」

と、さも毎日していることで、簡単なことだと言わんばかりに話し始めた。

　この前と同じように、大きな塀の前で車が止まると、あのグラマーな奥さんが出て来た。

　奥さんは、大きな篭の中に、十二人分の弁当を入れて、車の中に入ってきた。三郎は奥さんから弁当をもらった。弁当は温かかった。

　しかし一回目の帰り、日当をもらった時のように、奥さんを見て性的な興奮は覚えなかった。なぜだろうか。三郎は不思議だった。前と今の自分とを比較した。なんだか前の原田三郎がピエロのようでおかしかった。

隣のおっちゃんが、奥さんのことを、

「美人だね」

と東京弁で話してきた。三郎も、

「ほんとですね」

と東京弁で切り返した。するとまた、隣のおっちゃんが話しだした。

「おれさ、河野雄一と言うんだ。よろしくね」

とても明るい声であった。三郎はよい人の声を聞いたようで、心が浮き浮きしてきた。

するとさっきの奥さんが、大きな声で、

「みなさん、もう弁当をもらいはりましたか」

と、最後の確認をして、ワゴン車を降りて行った。奥さんが降りて行くのを見て、三郎は仕事を頑張るぞという気持ちが、少しずつ沸いてきた。

　また、河野さんが話し始めた。

「兄ちゃんは、何歳……」

と三郎に聞いてきた。

「ぼくですか。ぼくは十七歳ですねん」

と返事をした。すると河野さんが、

「十七歳か、いいね。私は十七歳の時何をしていたかな。そう言えば私は愚連隊に入っていたな。あの時はよかったな。今から二十五年ほど前だから、戦争が終わって二年ほどたったころだね。おれにも彼女がいてね。その子はやさしかったな。今、どうしているかな。そう言えば、原田君には、彼女はいるの……」

「いいえ、いませんが」

と三郎は残念そうに答えた。

「そうか、いないのか。ほしいだろう」

と、河野さんは三郎の心を見すかしたように言った。

するといま度は、右隣のおっちゃんが、

「こんな所に来たらできんぞ。だって女がおらんもん。わしも会社の寮に入っていたころは彼女がおったけどな。会社をやめて、この釜ヶ崎に来るようになったら、女はどこかへ行ってしもうたね」

と寂しそうに言った。

「そんなもんですかね」

三郎はそう答えた。右隣の人の名前は花岡良雄さんといった。なんともかわいそうな話であった。

だから花岡さんは、

「そやからな、兄ちゃん。こんな所へ来たらあかんで……」

と言うのであった。三郎はそんなものかなと思った。

ワゴン車は、止まったり走ったりと揺れていた。段々と道路が込んできたためである。

一時間三十分ほど走った。すると手配師の男が、

「もう着いたで……。ここが現場や。みんな頑張ってな」

と言って、ワゴン車は、現場の事務所の前に止まった。

事務所の現場監督がやって来た。

「みなさんおはようございます。これから今日の仕事を説明します。あっちの現場の木やごみくずを、ここに持って来てほしいのです。この事務所の前から、またトラックで捨てに行きますので……。よろしくたのみます」

と、丁寧な言葉で話してくれた。

みんなで、

「よろしくたのみます」

と挨拶した。現場の監督は軽く頷いた。大学出のインテリ風に見えた。三郎はちょっと劣等感を感じた。

現場監督は、

「こっちですよ」

と言いながら、みんなを現場へ連れて行った。

十二人の労働者は、みんなで木材を運んだり、ごみを運んだ。

原田三郎もゆっくりと仕事を始めた。同じように五十歳ぐらいの労働者も、ゆっくりと廃材を持って歩いて行った。運ぶ途中、しゃがみこんで、胸を押さえた。とても苦しそうであった。三郎はかわいそうになって、老人のおっちゃんに、

「大丈夫か。おっちゃん」

と聞いてみた。老人のおっちゃんから、

「大丈夫だよ。私はね……」

という言葉が、返ってきた。

　三郎は、

「大丈夫と言っても、苦しそうじゃない、おっちゃん」

と言い返した。

「ありがとう、兄ちゃん。私は村山良造と言うのですが、苦しくても働かねばね。これも、しかたがないですよ」

とおっちゃんは言った。三郎も、

「そやな、働かんとしかたないな。苦しうても働かんと、お金入ってこんもんな」

と、同情してしまった。

「若い時は私も、呉服屋を頑張ったんですがね。名古屋でやっていたんですよ。しかし、妻が間男してしまいましてね。私は養子ですから、追い出されてしまったんですよ。もう昔の話ですがね」

男として、情けないという顔をして、良造さんは話してくれた。

三郎は、良造さんの人生はたいへんなものだったと思った。他人のこととは言え、これからどうするのだろうかと、心配になった。こんな体ではもう働けないからだ。しかたがないと思いながら、今だけでも助けてあげようと思った。そうすれば良造さんも、少しは楽ができると思った。

「じゃ、一緒に仕事をしましょうね」

と三郎が良造さんに言うと、

「よろしくお願いします」

と、ニコニコ笑いながら村山良造さんが言った。

三郎は良造さんと一緒に仕事を始めた。建物の廃材を運ぶのである。三郎と、良造さんは、ゆっくりとごみを運んだ。途中、ゆるやかな坂に、良造さんが足を滑らせて、倒れそうになったので助けてあげた。

このように一時間ぐらい仕事をした。今度は、十二人の中の一人の労働者が、

「キー　キー」

と言うのであった。どうしたのだろうと思いながら見ていると、三十分に一回ぐらいの割合で、

「キー　キー」

と言うのであった。その音を発するたびに、

その労働者は、深い苦悩の中に落ち込んでいくかのようであった。いろいろな人がいるなと三郎は思った。

三郎が、労働者の様子を観察しながら仕事をしていると、昼休みの時間になった。現場監督が、ポットを持って来て、

「お昼だから、昼ご飯を食てください。お茶はここに置いておきます」

と言って、面倒臭そうに置いて行った。

十二人の労働者たちは、休んで弁当を広げ始めた。弁当の中には、ちくわの煮物と、昆布の佃煮とがあった。ご飯の真ん中には、梅ぼしがのっていた。三郎は量が少ないと思った。粗末な弁当でも、みんなで食べるとうまかった。

食べていると、東京生まれの河野雄一さんが、

「兄ちゃんには、彼女がいないと、さっき言ってたね」

と話してきた。

三郎は恥ずかしそうに、

「そうやね。まだいへんね」

と言うと、雄一さんが、

「ここ釜ヶ崎はね。女がいないんですよ。そりゃ、六十や七十のばあさんはいるよ。でもね。若い子はいないのよ」

と寂しそうに話した。

三郎も、確かにそうだと思い、

「そうですね。そういえば、ここは若い子がいませんね」

と返事をした。

良造も、

「そうだよ。ここは、人生の墓場だよ」

と言って、同感した。

河野さんは、また続けた。

「兄ちゃんみたいな若い連中は、六十や七十のばあさんを嫁にしているよ。

若いあんちゃんがタオルを肩にかけて風呂へ行く。その後ろをばあさんが、着いて歩いて行く。見てられないよ。でも、それを見て周りの男は羨ましいと思っているんだよ。ここはつらい世界だよ。もし兄ちゃんが若い子を嫁にもらいたかったら、こんな所には近づかないほうがいいね」

とたて続けに話した。

良造さんも頷きながら、

「そうなんですよ。ここは特に女が少ないから、しかたないけどね」

と心から言った。

高校生の三郎は、将来は妻がほしいと思った。子供もほしいと思った。だから、結婚できないことは、とてもつらいことだと思った。

三郎は良造さんの方を見て、とても悲しくなった。おっちゃんたちもやはり、妻を持ちたいことだろう。しかし、温かい家庭がおっちゃん達にはないのである。

河野さんが前に迫ってきて、

「若い子を抱きたいなら、もう釜ヶ崎へは来ない方がいいよ」

と、穏やかではあるが、強い調子で原田三郎に囁くのであった。

他のおっちゃんたちもみんな頷いていた。三郎は、どう返事してよいかわからなかった。

三郎はしかたなく、空を見上げた。からっと晴れた青空から、秋の弱い日が差していた。吹く風が心地良かった。しかしやはり心は寂しいかった。

もう、ここから動けないと思った。おっちゃんたちからは、一人でも救いたいという気持ちが伝わってきた。だから、三郎だけ、いちもくさんに逃げるわけにはいかないと思った。三郎は泣き出したいような、また腹だたしいような気持ちになった。もう、周りのおっちゃんたちは何も言わなかった。

三郎は、黙って、青いビニールの敷物に座って、大きな雲が動いて行くのを見つめていた。
いつまでも……。

「文学圏」11号　1994・7

僕への旅

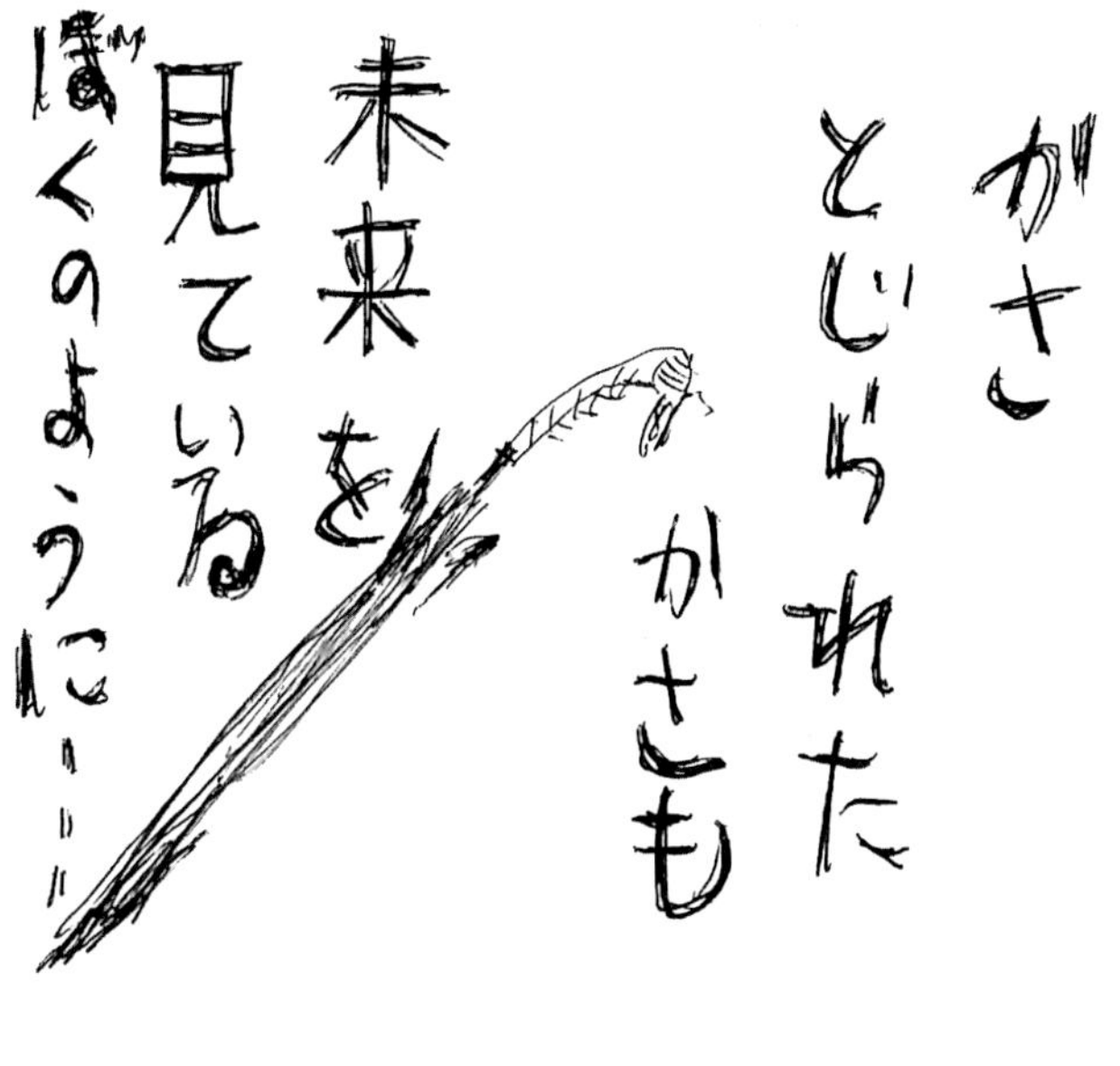
がさ
とじられた
かさも
未来を
見ている
ぼくのように

「お前、卒業したらどないするんや」

先輩の石井晴彦は言った。

「僕か、僕なー。大学へ行くんや」

僕は十八歳。僕は吃音児である。いつのころからどもっていたかは、わからない。ただ、どもることがたまらなくいやなのだ。

「どこの大学へ行きたいんや」

石井は、また聞いてきた。

僕は絶対に入学したい気持ちを込めて応えた。

「O大の言語障害矯正課程に行きたいんや」

「すごいなー」

と石井は言った。その目には、やめておけよと言う気持ちがありありと見えた。

「でもな、お前。O大は国立やぞ。あそこに入るにはな。めちゃくちゃに勉強せんとあかんぞ」

石井は本当に無理だからやめた方が良いよと念を押すように言った。

石井は僕より二年先輩である。彼はR大学の経済学部に入学していた。

石井と僕は高校のS研究会というサークルで出会った。僕は学生運動の大きな流れの中に入っていったのである。僕は吃音という身体的な欠陥も大きな運動の中で解決できると思った。社会変革ができれば、吃音は自然と解消すると……。だから僕は学生運動を吃音者という立場で参加するのだと考えた。

僕がS研究会へ入ったのは、高校一年生の時だった。僕を取り巻く情勢は、学生運動の渦が高まり、段々と下火になりつつある時代であった。

テレビをつければ、

「学生が、校内を封鎖しました」

と、映像が流れている時代であった。

デモ行進へ参加するという生活が、高校一年生から高校三年生の初めまで続いた。僕は、「プロレタリアート」という言葉が、好きであった。言葉の響きが何とも言えない音色を持っていた。僕は「プロレタリアート」という言葉も好きであったが、「大学」という言葉も好きであった。「大学」という言葉には未来への希望があった。僕にとって「大学」という言葉は、「プロレタリアート」と言う言葉と同じか、それ以上に厳粛な響きを持っていた。

僕にとって「大学」という言葉は王宮だった。「大学」という王宮に入ると僕は、悦楽の極致・快楽の極限を堪能できると信じた。だが、ここへ入学できない人間は地獄へ落ちてしまうのであると思った。僕は何としても「大学」へ入る切符を手に入れねばと思った。そのためには勉強せねばならないとも思った。

僕は学生運動に参加した。その後、S党に入党して活動した。しかし、S党の活動より大学へ入学することが大事だと思った。

「先輩、おれどうすればいいやろう」

僕は石井に聞いた。S党から逃げたいと思ったからだ。なぜなら、大学へ行きたかったから……。そのためにはS党を離れて、勉強しようと思った。

石井は困ったなという顔をして僕に話してきた。

「松田さんから電話があったぞ」

「何て言ってました」

僕はどうしてよいかわからないと思った。

昨日、女の人から電話があったと母も心配して、僕に聞いてきたことを思い出した。

石井も心配して、言った。

「お前をさがしてんのんと違うんか」

僕は、その通りだと思った。

石井も僕を気づかい、もうそれ以上、何も言わなかった。石井の心配の中身を知るために、僕はしつこく聞いてみた。

「だいじょうぶやろうか」

僕の心配をくみ取るように石井は、

「S党はしつこいからな、まー、心配してもしょうないで……。気分転換にどうや」

と言いながら、パチンコの玉を台の中に入れる格好をした。僕は石井の仕草に心がほっとなった。そういえば、僕が松田礼子さんに会った時のことが思い出された。

あれは高校一年生の時であった。僕がＳ研究会に行くと、松田さんはうまそうにタバコを吸っていた。僕は何だかほっとした。

「だれ、この子は……」

と、松田さんは石井に聞いた。石井は誇らしく、自分たちの活動の成果だと言わんばかりに、僕を松田さんに紹介した。

「今度、新しく入った子や。原田三郎と言うねん」

松田さんは、新入生と聞くなり、明るい顔になった。

「もう学校になれた」

と、当たり障りのない話題で、僕に迫ってきた。僕は返事に困った。

「まあまあですけど……」

と、僕が返事をするなり、

「私、英語の授業があるから……。またね」

と松田さんは言って、S研究会の部屋を飛び出して行った。後ろ姿が、春風のようにさわやかであった。


三日後……。


S研究会の部屋に松田さんがいた。松田さんは非常に厳しい顔で石井に、

「私、学校がつまらないの。だから、休学しようと思っているの」

と、もう学校に来て単調な勉強に耐えられないという表情で話した。石井も松田さんに劣らず厳しい顔をしていた。

石井は松田さんの気持ちを考えながら、

「それで、止めてどうすんね。高校ぐらいは卒業したら」

石井は話した。石井の松田さんを思う気持ちが伝わってきた。

「でも、私やっぱり無理やわ……」

そう言うなり、石井と松田さんとの話は止まってしまった。

石井はこの場の緊張に耐えられないという表情で、僕を見た。

「来てたんか」

と言うなり、下を向いてしまった。松田さんも、

「あら、三郎君」と言うなり、黙ってしまった。

僕は松田さんの言葉にどう反応してよいかわからなくなった。そう思っているのと、松田さんはまた、話し始めた。

「だからね。石井君、私、学校を休学しようと思うの」

私はもう決心したのだという、松田さんの心の鼓動が一つ一つの言葉から伝わってきた。それから、一ヵ月して松田さんは学校を休学した。

僕が二年生になってから、松田さんはまた復学した。しかし松田さんは、

よく休みがちだった。遅刻もよくした。Ｓ研究会の部屋でまた石井と松田さんは話していた。

「私さ。Ｋ党に入ってね。今は高校生の担当なの。だから、Ｋ党からね。君も学校に復学してね。組織活動をしなさい」

と言われているのと言った。石井は心配して、

「それはいいけど、学校はどうすんの」

と松田さんのことを気づかって話した。松田さんは学校は卒業したいけど、もうどうでもよいという顔をした。

「いいの。学校は、共産主義者には必要ないの。資本主義社会で生きるには、あった方が良いけど。共産主義運動をするには、ない方が階級的自覚ができると思うから」

僕は松田さんの情熱に心を打たれた。

六月に入ると、松田さんの父親が学校に呼ばれた。松田さんの話によると、担任がこのままでは退学になるからその前に、自主退学をした方が良いと言ったと言う。何故かと言うと、その方が社会に出てから得だからと。それで、父親は仕方なく退学証明書に判を押した。学習態度が悪ければこれを校長に渡すのでご了解願いたいと言われたと……。

僕はその話を松田さんから聞いた。どうなるのだろうかと思った。そう思うと、松田さんが不憫に思えた。そう思っていると松田さんから、

「今度、集会があるから君も来なさいよ」

と言われた。僕はとても嬉しくなった。

松田さんは僕より、二年先輩である。笑う時の松田さんはゲラゲラと豪快に笑った。僕は吃音だから人見知りをする。僕は利己的人間なので、他人を認めることのできる人間としか交流できないのである。

「いいですよ」

　僕は松田さんに声をかけられて党活動をすることを承知した。それから僕はK党で活動するようになった。

　僕は、K党で活動すれば話す数が増え、吃音は治ると思った。僕の吃音に対する恐怖心はすごい。僕は、吃音者は人間として駄目だと思っている。そう信じてもいる。僕はどもることがとてもつらい。僕は自分自身を完全な他人の理想に形づくりたいのである。僕にとって自分とはそうならないといけないものである。そうならない自分自身は人間失格なのである。つまり神様のような、この世界の絶対者だけが生きていく価値があると思っている。苦悩を背負っている自分自身は生きる意味がないと思っているのである。

　僕はどうしても自分を生かしていく理由を見つけ出すことができなかった。三郎の周りの教師や家族、友人という社会の人々が人間の表面の狭い所だけしか、感心をしめさなかったのである。人間の醜さ、きたなさを乗り越えて人間は完成されていくことを教えることができなかったのである。

きれいごとで終わる世界に、僕の精神だけを遊泳させていた。だから、自己自身と現実とのギャップが生まれたのである。現実を鋭く見つめ、そこから自己を一歩、一歩高めていくという作業を僕は、できなかったのである。


僕が高校三年生の十二月。

石井と僕はパチンコをした。二人は、電車に乗りS駅に行った。この駅の近くに、石井の気に入っているパチンコ屋があるのだ。

ヘニックス会館である。店の中はがらんとしていた。石井は一発台に直進した。僕は石井が玉を打つのを見ていた。僕にはパチンコ玉を買うお金がなかった。石井が勝てば、その玉を貰えるし、負ければさっさと帰るのである。

「おれが勝つまで、三郎まてよな」

石井はぼそりと言った。僕はパチンコをしたいという感情を殺して、じっとまった。

「頑張って下さいね」

僕はそういうなり石井が勝つことを祈った。この台は中心の一発台に入ると、三十二発入るようになっていた。石井の顔に焦りの色が見えたが、勝てそうであった。

「よし、やったぞ」

石井はびっくりするような声で、独り言を言った。僕はじっと待った。すると玉が出てきた。パチンコ玉を入れるケースにパチンコ玉がたまった時、石井は一つかみ僕にくれた。僕はうれしかった。

僕ら二人は、パチンコ屋の中で閉店まで過ごした。

次の日曜日。勉強しようと、S市の市立図書館に行った。ここの図書館は十時から始まるのである。九時四十分に図書館へ行って待つことにした。人がたくさん来ていた。こんなにも来て、みんな勉強して行くのかと思うと、もう負けてしまったと思った。

係の人が整理券を配った。僕は五十五番の番号を貰った。八十人しか自習室の券は貰えなかった。僕は、幸先が良いなと思った。

十時になると、図書館が開いた。みんな怒濤のように図書館の自習室への階段を上った。僕も、勢いよく自習室へ急いだ。

自習室では本を開いた。まず、英語の単語を覚えようと思った。しかし、英語の単語を口に唱えるのであるが、なかなか覚えられなかった。僕は学習をすると不安になった。英語の単語を覚える度に、この言葉を吃るのではないかと思った。僕の不安は、未来への絶望につながっていった。果たして僕は未来は生きていけるのかと言う疑問が湧いてきた。

聞けばその疑問に、応えなければならない。僕に、大丈夫だよと言いながら、僕自身を慰めるしかなかった。慰めていると、段々と気持ちが疲れてきた。こんなことをしていていいのかと、僕の無意識が僕に襲いかかってきた。僕は、

「大丈夫だよ。大丈夫だよ」

と、何度も何度も自分を励ました。しかし、僕の中の無意識は、大きな声で笑いながら、

「うそをつけ……」

と言った。僕の未来はこの言葉によって、一瞬に消えていった。どうすればよいのかと思った。しかしどうすることもできなかった。後は、絶望するしかなかった。ただ、漠然とした不安だけが段々と大きくなっていくだけであ

った。

　こんな気持ちでは、勉強も手につかなかった。無意識は前にも増して、大きな声でまくし立てた。

「もう勉強はやめておけ。無駄だよ。無駄」

　僕の無意識は僕に襲いかかってきた。僕は、無意識の金縛りにあってしまった。こんな状態では勉強ができなくなった。「無駄だよ。無駄」と二回も繰り返し指摘されたのには、まいってしまった。

　席を離れ図書館の周りを散歩した。しかし、もう勉強しようとは思わなかった。しかたなく、家に帰ることにした。

　家に帰りながら、僕の将来はどうなるのだろうかと思った。思えば思うほど、答えが出てこないもどかしさに襲われた。

僕の家は母子家庭である。そんな母のけなげな努力により、女一人の力で大学に行かそうとしているのである。何とか母の期待に応えねばならないと思ったが、思えば思うほど益々奈落の底なし沼に落ちていった。

石井の家に行くと、石井はギターを弾いていた。「いちご白書をもう一度」という曲だった。ギターの音色を聞くと心がなごんだ。音楽も良いものだなと思った。

音楽を聞くと、心が開放された。狭い枠に捕らわれている自分が馬鹿らしくなった。自分の欠点だけを見つめていたことに、嫌気がした。

音楽を聴くと、自分が宇宙の最高の発達段階を踏んで、今ここにあるんだということがわかった。自分の心が宇宙意志と一体なんだということが、自覚できた。自覚すると僕の中の精神は自由に世界中を飛び始めた。自由に飛ぶと今まで、駄目だと思っていた自分が、最高の自分に変身した。気分は最高だと思った。図書館で自分はもう駄目だという気持ちがうそのように晴れていったことが不思議だった。

石井は、僕に話してきた。

「大学か。入ってみたけど、つまらんな。一番楽しかったのは、浪人の時やな」

石井は、毎日がどうしてよいのか解らないという表情であった。あれほど頑張っていたのにと思った。

「何で、ですの」

と、僕は石井の表情を、探るような眼をした。

石井の表情に、大学のことは言いたくないという気持ちがありありと、読み取れた。僕はもうこれ以上聞けないと思った。

「これから、どないしますの」

と、僕は今のいらいらした気持ちを、吹き飛ばすために聞いてみた。

「どないしますのって、そう言われてもな」

石井のどうしてよいか、わからないという気持ちが言葉の中に読み取れた。石井も僕以上に、苦しんでいることがわかった。わかると何となく石井に親近感を感じた。

僕は石井の困った顔を見て益々不安になった。

石井は仕方なさそうに、

「パチンコ屋に行くか」

と石井自身の不安と僕の不安を感じ取って僕に聞いてきた。このパチンコ屋という響きに僕は無情の喜びを感じた。

なぜ、僕はパチンコ屋という言葉にこれ程の喜びを感じるのだろうか。それは男の持っている生殖の欲望を、解放するためである。

無数のパチンコの玉（精子）が穴（子宮）をめがけて手元から発射させるのである。たくさんの玉が得点を得るポケットに入る。ポケットに入ると快い音がする。それを聞くと、天国から流れる音色に聞こえる。つまり、体中に溜まっている性エネルギーが子宮の中に入っていくのである。得点できなくても、ちゃんと無数のパチンコの玉が穴（子宮）に入るから男子の欲望は満足できる。

僕はパチンコをする度に生きていてよかったと思った。しかし、今日に限って石井はパチンコを負けてしまった。僕は石井が負けてしまって悔しかった。

石井はすまなそうに僕を見た。僕はどう言っていいかわからなかった。仕方なく僕と石井は店を出た。

僕は石井に、

「これからどないしますの」

と聞いた。石井は困ったように空を見上げた。僕もその場に立ち止まって石井の顔を見た。石井の目はこれからどうすればよいのか、わからないよというものであった。石井は困ったように言った。

「そやな、じゃあ。中村さんの所に行こうか」

石井は笑って僕を見返した。

僕は石井に聞いた。

「あの、中村さんって、演劇部の……」

僕は中村というのは誰かわからなかった。石井から中村さんのことを聞いたことがないのである。石井は僕に、もうそれ以上、聞くなと言わんばかりに投げ捨てるように、

「そうや。中村を知ってるやろう。演劇部のな。あいつ、近くの保育園で働

いてんね。まだ帰ってないかもしれんなあ」

石井は言った。

今は、夕方で周りはもう暗かった。

「石井さん。今から行って、中村さんが帰ってなかったらどうしますの」

僕は石井の行動が不安だった。

石井は大丈夫だ、心配するなよと強い口ぶりで、

「大丈夫やで」

と僕に言った。その言葉の中には、おれに任せておけ。すべてがうまくいくから、という響きがあった。

僕と石井は、中村さんの家を目ざして歩き出した。もう十二月である。こんな寒い中、中村さんの家に行って居なかったら、僕は石井に腹をたて喧嘩をするだろうと心配した。

石井はそんな僕の心配をよそに、中村さんの家に向かって歩いていった。

僕はやっぱり、石井が大丈夫だよと言ってもその言葉を信用できなかった。

「石井さん。大丈夫だと言っても、居なかったら、やっぱり困りますよ」

僕は石井の言った言葉への不安が募っていった。

中村さんが居ない。だから、僕と石井は帰るまで外で待つ。一時間待つか、二時間待つかわからない。この寒い中にである。中村さんが居ないと、やっぱり困ると思った。だから、僕は心配になって石井に聞いたのだ。

今度は、石井は本当に大丈夫なのだということを説明しようかという目をした。僕は石井のその自信ありそうな目つきに、怒りを感じた。石井は僕の顔を見て、良く聞いておけよという口ぶりで話し始めた。

「あのな。なぜかというとな。中村は、アパートの二階に住んでんねん。だからやな」

と言うなり石井は声を詰まらせてしまった。僕は、だからの続きが知りたかった。早く、話せよと思った。しかし、石井は次の言葉に詰まっていた。僕は石井の言葉が止まった理由を聞きたくなった。

「だから、何なんですか。ええ……」

僕は「ええ」と、二回言った。僕は石井の言葉が詰まった理由を早く知りたかった。

僕の気持ちを理解した石井は、その先を続けた。

「だからやな、中村さんがいなかったらな。雨どいをつたって、上ればええねん」

石井はちょっと心配なのだという気持ちを、言葉に隠していた。

僕はアパートの二階だったら、大丈夫だと思った。石井は僕が、大丈夫だと考えるのに反して焦っていた。僕はどうしてだろうと心配した。石井には

焦りの理由を詳しくは聞かなかった。歩きながら石井に僕は、

「まだですか」

と聞いた。

　すると、石井は、

「もうすぐやから、我慢して歩いてえな」

と、すまなそうに言った。

　歩いていると、大通りに面した所にアパートがあった。アパートの前はコンクリートの歩道になっていた。

　アパートは上下合わせて、三十ぐらいの部屋数であった。石井の話によると、便所は共同であった。建ててから、三十年は過ぎているアパートだった。中村さんの部屋は一番奥の部屋だった。石井は中村さんの部屋をじっと見て、僕に言った。

「そこに雨どいがあるやろう。あれを上れば簡単に、部屋に入れるやろう」

論理的にはそうだと思った。しかし、この問題を解くには解決せねばならないことが二つあった。その一つは上った時、窓が開いているかということである。もう一つは、雨どいは頑丈にできているのかということである。もしも、石井が雨どいを上っている途中で壊れたならば、下はコンクリートである。打ちどころが悪ければ、骨折するかもしれない。まして、頭の後頭部を打ったならば死んでしまうだろう。

僕は、

「本当に大丈夫ですか……」

と、今僕が思ったことを打ち消したくて石井に聞いてみた。石井は、

「うるさいな……」

と僕に言った。石井は、

「だいじょうぶや……」

とは言わなかった。僕はこの言葉を待っていたのに本当に心配になった。うるさいなと言うなり、石井は雨どいの方に歩いた。石井の後ろ姿は寂しかった。僕はなぜか死ぬのではないかと思った。

石井は雨どいに手をかけた。その時、石井の顔は僕の方を見た。その顔は、じゃ、先にあの世へ行って待ってるからな、という顔つきをしたように思えた。

石井は雨どいを上り始めた。雨どいをしっかり持って、足を雨どいの金具に入れてまるで階段でも上るように、一歩、一歩上って行った。

一番上に上り、手が窓についた。石井は窓を懸命に開けようとした。しかし、窓は開かなかった。

その時である。石井のもう一方の手が、雨どいからはずれてしまったのは……。

石井はそのまま背中から落ちてしまった。落ちた瞬間に後頭部を強く打ってしまった。そして石井は死んでしまった。

石井の後頭部から血が流れていた。口からも血が流れていた。僕はまさかと思った。しかしこれが現実なのだ。僕はどうしてよいかわからずにその場に立ちつくしていた。

あれから二十年が過ぎた。僕は石井が雨どいを上って行く顔を忘れることができない。なぜ、僕はあの時、石井を止めることができなかったんだ。同じ時代に生きた石井と僕。石井のことを思うと僕は悔しくなる。

僕があの時、パチンコに負けた後、石井に、

「もう、家に帰ろう」

と言えばよかったんだ。あの日のことを思うと僕の人生に腹が立ってくる。

あの後、中村さんは石井が死んだことを知って自分のアパートで自殺をしてしまった。僕は二人を殺してしまったんだ。しかし、僕にはどうすることもできなかった。あの時、僕に何ができたというんだ。

僕は石井と中村さんの分まで強く生きねばならない。しかし、石井を死なせた原因が僕にあるのだと知れば、知るほどたまらなくなる。僕はパチンコ屋の看板を見るたびに、石井のことを思い出す。

パチンコの音を通し、石井がしっかりして俺の分まで生きろよとささやく。

その声に僕は、

「石井あの時は許してくれ……」

と呟く。

僕は吃音に負け s てはならないと思う。石井の分まで生きねばならないから……。

石井は僕の心の中におり、僕と石井は一つになって生きているのだ。
僕が死ぬまで……。

「文学圏」第12号　1995・7

アタックナンバーワン

サボテン
とげのある
サボテンが寒さに
たえて、
じっとしている

「僕でも大丈夫やろうか」

原田三郎は、川井正に聞いてみた。正は、

「あたり前に決まっとろうもん。女は犬、猫以下と、同じばい」

と、確信を持って力説した。女はだれとでも見境なく関係をもつというのである。三郎はそんな馬鹿なことはないと思った。しかし、いとこの正の目は確信に満ちていた。

「女もしたいとよ」

三郎は正から出てくる言葉についていけないと思った。

「したいって何をですの……」

正は決まっているだろう。セックスだよと、言いたげな表情になり、三郎を見返してきた。

「男がしたい分だけ、女もしたいとよ」

と、これが万人が認める真理だよと、正は言いたげであった。

三郎はびっくりして、正の言葉に頷くしかなかった。こんなことを考えている男が人類の中にいるとは信じられなかった。

「おいも初めは信じられんかったとよ。でも、いろいろな経験をしてわかったと……。顔を塗りたくってる女は、すぐにやらせてくれるとよ……」

九州弁の正に、三郎は切り返した。

「何で、ですの……」

「あのくさね。どうして顔をいじるかというと、男に関心があるとよ」

と、理由をもち、答えてくれた。三郎はそうだと納得した。

三郎は十九歳になってしまった。一年間浪人をして、受験した大学が全て落ちてしまったのである。

自分は何をしても、もう駄目な人間だと思った。思えば思うほど、そうだと納得した。

しかし、二浪はできないと思った。二浪すれば、ノイローゼになり、発狂するかもしれないと思ったからだ。しかたなく三郎は、地方の専門学校を受験することにした。


そういえば、三郎と正が会ったのは、三郎の田舎であるK島であった。三郎は夏休みにK島に行った。中学二年生の三郎には、すべてが新鮮だった。

「おいが正です」

にこにこと笑いながら、正は三郎にあいさつした。二人で一緒にいるのが楽しかった。

「いつ来たん……」

三郎は正に聞いた。正は、

「おいは、二日前に来たから、もう帰ろうと思っとうと」

そこには、得も言えぬ美少年がいた。

「大学は、おもろいん」

三郎は、大学生の正がうらやましかった。

あれから何年が過ぎただろうか。三郎は正の話している顔を見ながら考えた。

「あっこは、この曲を知っとうとな」

と、正は言いながら、甘い曲をかけた。その曲を聞きながら、三郎は体が溶けていく感覚を味わった。その曲は不思議な感覚で三郎に迫ってきた。三郎は何も抵抗できなかった。抵抗しても、抵抗しても三郎の心の中にぐいぐいと刺さってくる重みを感じた。その棘には痛みはなかった。ただ曲が、三郎の心を羽毛でくすぐっているように感じた。

するど正は、やっぱり三郎も負けたかという顔つきをしながら言った。

「この曲な。女がすいとうと。ものすごく」

三郎はなぜ、正がこんなことを知っているのか不思議だった。

「あっこも気にいったとか」

と、正は三郎に聞いてきた。三郎は頷いた。

駄目な三郎にやさしく接する正に、ありがたいと思った。


次の日、正は三郎をN市の繁華街に連れて行った。通りを歩いていると、仲のよい恋人が歩いていた。正は恋人の一方の女をじっと見つめた。ちょっとその異様な目に三郎はびっくりした。三郎はどうしたのと、聞きたかったが、目は女へ視線を集中していた。

恋人同士は仲よく腕を組んでいた。女の方は華やかな服装の中に、シックな雰囲気を漂わせていた。三郎は女をとてもきれいだと思った。

雨の中を歩いている二人は幸せそうだった。白いあいあい傘が、楽しいダンスのように揺れながら、二人は歩いていた。三郎はうらやましいなと思った。

二人は楽しそうに立橋を渡り、夕暮れの洋品店のウインドーの方に歩いて行った。

正は、二人が段々と離れて行くのを見ながら、三郎の耳元にささやいた。

「あの女な。おいらとしたとよ。四人と……」

と、正は女は淫乱であると主張する顔でつぶやいた。

「この人ともするとねと言いながら、あの女はしたとよ」

と、本当にそうだよというようにつぶやいた。三郎はあまりにもリアルな言葉にただ、聞いているだけだった。しかし、それが本当だとすれば、女は哀れであり、一方の男には同情の気持ちが起こってきた。

「かわいそうやな。男の方は」

と、三郎は言った。その男と三郎が重なりあったような気がしたからだ。

　すると正が、

「よかやない。女が男ば大事にしとるようやから。三郎、女も遊ぶとよ。遊んだ女は男の扱い方を知っとうとよ。だから、男も楽しかと」

と、そんな女でも、男は幸せなんだよと、女の肩を持つように話した。三郎は男と女の関係は不思議なものだなと思った。

　雨は二人の男女をやさしく包んで、しんしんと粉雪のように降っていた。そんな世界があることに三郎は少し戸惑ってしまった。浪人時代の生活とあまりにも違う世界だった。

　三郎の浪人時代は地獄だったからだ。何が地獄かと言うと、性欲の制限が要求されることであった。

三郎は勉強をしながら、性欲が頭を持ち上げてくるのに、抵抗することができなかった。何とかして、性欲に勝たねばと思った。しかし、どうすることもできなかった。ただ性欲に身をまかせるしかなかった。三郎は性欲に勝ち、統制しようとすればするほど、思えば思うほど、どうしようもなくなってきた。反対に性的欲望が三郎をコントロールした。三郎は性的欲望の運転する車に乗って、突っ走った。浪人時代、学習するには性的欲望と戦うしかなかった。しかしいつも負けるのは三郎の方の自我であった。

三郎は図書館での惨めな敗北を思い出した。三郎は浪人中、O府立の図書館で学習した。この図書館の自習室は二階にあった。二階に上がると、二百人は入るであろう、広い室内が自習室であった。

三郎は学習に疲れた。休憩室の食堂で、コーヒーを飲んだ。一時間ぐらい過ぎた頃、これではいけないと思った。しかし、性欲は頭の中で笑っていた。三郎は、もういいかげんにしてえなと、性欲に叫んだ。しかし性欲はへへへと、ニヤニヤ笑うだけだった。三郎は腹立たしかった。いいようのない怒りが体の中から沸き上がってきた。しかし、どうすることもできなかった。

三郎は思いを決して、休憩室の食堂の席を立った。三郎の顔にはよしやるぞという闘志が漲っていた。

しかし、二階に上る階段にジーパンの女の子が歩いていた。彼女の体には三郎以上の闘志がランランと漲っていた。

階段を上る彼女はまるで、シンデレラのようであった。歩くたびに揺れる腰元が三郎の視線を釘付けにした。三郎は女の子の左右に揺れる腰元を見て、春の日ざしを受けているような感じがした。日ざしの中には蝶々が飛んでいるのである。蝶々は三郎の浪人生活の重圧を解きほぐしてくれるように思われた。三郎は今日は幸せな日だと思った。この時間が永遠に続くことを祈った。

その時である、三郎は女の子が三郎の方をちらっと見たように感じた。女の子はとっさに自分の持っている真っ赤なハンドバックで腰元をかくした。かくすが早いか、さっさと二階の自習室へ上がって行った。

三郎はしまったと思い、自分のしていることが許せなくなった。三郎は完全に性欲の奴隷になってしまったと感じた。こんな自分になってしまったことがとても悔しかった。三郎の心の中に生まれた春のイメージは木っ端みじんに破壊されてしまった。その代わりに、どろどろとした敗北の苦悩の地獄絵巻が展開した。体の上から熱湯をかけられたような思いがした。三郎の顔は急にゆがんでしまった。どうしてもこんな自分を受け入れることができなかった。

しかし、三郎の中の性欲はまたニヤニヤ笑っていた。

三郎はこの階段を早く、離れたいと思った。他の図書館利用者はただ黙々と学習していた。三郎と同世代の彼らは、非常に落ち着いて学んでいる者のように見えた。三郎との段差に愕然としてしまった。

どうしてなんだよと、三郎は心に問いを発した。しかし、答えは返ってこなかった。性欲は三郎の方を見て、ただニヤニヤ笑っているだけだった。

三郎は図書館のトイレに走って行った。しかたなく三郎はトイレの中でオナニーをしてしまった。オナニーをした後、いけないことをしてしまったと思った。思うと、また後悔の念が起こってきた。すると三郎は浪人仲間の石川の言葉を思い出した。

石川は三郎に言った。

「おれな。オナニーをすると頭が冴えんねん。すればするほど、体が軽うなって、英単語なんか、頭の中にバンバン入ってくんねん」

三郎は、石川の顔をじっと思い浮かべると心は落ち着きをとりもどした。

三郎と同じ人間が、この世にいることで安心した。

「三郎君。もうすぐ着くとよ」

と、正は言うなり、三郎の方を見てきた。お金はかかるが、三郎のためにここまで来たことを正の目は語っていた。正は、ここがN市で一番の繁華街だと笑いながら説明した。

「あんまり飲まんとよ。その代わり……」

と、正は意味ありげな言葉を言いながら笑った。三郎は未来への期待に胸がときめいた。

正と三郎は、キャバレーに入り、テーブルに座った。三郎は心がうきうきしていた。何も手に取ることができないと思った。

テーブルに着くなり、正はビールを注文した。

ビールと一緒に女の子が二人、テーブルに来た。三郎は胸が高鳴るのをおさえることができなかった。一人の女は正につき、もう一人の女は三郎の横に座った。正が目で、女に触れと指示してきた。三郎は女の子の太ももに、そっと手をやった。手がしびれ、また、ふるえてしかたなかった。

三郎は女と話すことができなかった。女は話し始めた。

「私。チエコと言うと」

三郎には、そんな名前のことはどうでもよかった。ただ、もっといろいろな所が触りたかった。三郎は適当に応答した。

「ふーん。おれは三郎と言うねん」

三郎は投げやりな返事をした。もう三郎は喋りたくはなかった。ただ陶酔の世界に精神を漂わせたいだけだった。

「どうして、N市まで来たと」

女もあたりさわりのない話題を話した。

柿色のドレスがやけに眩しかった。スカートの方は、太もものあたりから切れていた。三郎は思わず、スカートの中に手を入れた。なにかが、三郎を人間の怪物にしたように思えた。女は反抗するように、両手で三郎の手を持った。そして、強い力で、三郎の手の進入を拒もうとした。

「ちょっと待って」

と、女が言った。

正は三郎の様子を見て、ニヤニヤと笑っていた。

三郎は、正にすまないことをしたと思った。考えれば考えるほど、どうすればよいのかわからなくなった。

「ね、踊ろう」

と、三郎の気持ちが暗くなっていく様子を見て、女が話してきた。三郎は静かに、

「それは、ええね」

と返事をした。自分の意志を言葉に置き換えて話すのがやっとだった。

静かな音楽が流れ始めた。女は三郎をリードして踊った。三郎は、相手に身を任せた。すると三郎の性欲がニヤニヤと笑い始めた。三郎は性欲にまかせたと返事をした。返事をするなり三郎はぐっと、自分の腰元を女へ押しつけた。チエコは、さっきのように強い拒否はしなかった。

三郎の体はもう、溶けそうになった。そう思うが早いか、今度は激しい曲が流れ始めた。もう、チークダンスを踊る雰囲気ではなかった。

チエコは三郎から身を離した。三郎も仕方なく、チエコから離れた。

チエコはもとのテーブルに戻り座った。三郎も一緒に座った。三郎はさっきよりも強引に、チエコの股の中に手を入れようとした。しかし、さっきと同じように女はまた拒否をした。

「やめてほしか」

と、チエコは、大きく唇を動かした。その時、口の中が見えた。虫歯だった。チエコの虫歯を見た瞬間、うす汚れた体のように感じた。そう思うと、何もすることができなくなった。

三郎は自分の手の持って行き場に困ってしまった。どこへも持っていけないもどかしさを感じた。

チエコの前に座っているもう一人の女が笑った。笑った顔に、三郎は馬鹿にされた視線を感じた。もう、この席には座っていられないと思った。

すると、

「三郎、もう終わってもよかと」

と、正は三郎の気持ちを汲んで、聞いてきた。正が二人の女に出る合図をすると、ボーイが飛んで来た。

勘定が済むと、二人の女は出口まで送ってくれた。

出口で、チエコは三郎に近づいて来た。チエコは三郎の耳元で、

「また来るとですよ」

とささやいた。表でチエコを見ると、十歳は老けて見えた。店の中のイメージとちがうのに驚いてしまった。

店を出て、二人は歩き出した。

「よかやない。少しぐらい触らせても。こっちはお金を出してるとよ」

と、正は三郎の行動を支持するように話した。三郎はそんなものかなと思っ

た。しかし、三郎の行ったことは、いくらお金を払ってもいけないことだと感じた。

「どうして、高い金ば出してキャバレーまで行くと。女を触るためやないと。ちょっとでよかとに……」

正は、三郎をなぐさめるように言った。三郎はうれしくなった。

「まーいいとよ。何でも練習、練習ばい」

と、三郎の欲望を静める言葉をかけてくれた。

愛には技術が必要である。内部に覆い隠されている女の衝動を引き出し、道徳規範にのっとり、女が納得する形で、解消してあげるのである。

「女は簡単ばい。でも、女を口説くには練習がいるとよ。まず、ブスから始める必要があるとよ。おいなんかすぐ、女を作ることができると。なぜかと言うと、女との寝かたを知っとうと。会社にもいると。女を作るために、一緒にグループ交際をしようというもんが。でも、おいは参加せんと。すぐ作れるから。

それにおいや、女とするよりも、オナニーの方が気持ちがよかと。すきな時にできっとがよかと。また、女は面倒くさいし」

正の一言一言へ三郎はびっくりした。こんなに性の問題を明け透けに語る人間がいるのが不思議だった。男女の関係はある程度で止めることが常識なのだ。しかし、正は男女の性交渉を必要以上に語るのであった。

三郎は性の話より、正の方に興味を持った。

「あのくさね。おいも中州でよう女としたと。八百人ぐらいはしたとかな」

三郎は自分の耳を疑った。三郎はこの人はどういう人だろうかと思った。

「あのくさね。女に西鉄に天神駅で場所を聞くと。場所はどこでもよかと。お茶飲みに行かんとですかとは、おいはよう言わんと。恥ずかしいとよ。それより、いろいろな場所を聞くと。そして、中州のホテル街の方へ歩いて行くと。

　そして、ホテルへ入って行くとよ」

「そう簡単にいくもんやろうか」

　思わず三郎は聞いてしまった。あまりにも簡単すぎる方法に唖然としてしまった。

「処女の女は簡単に行かん場合があると。だから、手ば引っ張って連れて行くと。ま、タイミングもあるとよ。そういえば、いやという女を入り口で、殴って連れて行ったこともあったとね」

　正は、ホテルまで女を連れて行くことが練習だと語った。この極意をつかむことはむずかしいとも言った。しかし、正の言ったことは、本当だろうかという疑問が頭をもたげてきた。

「まー、ぼちぼちやっとたい。練習、練習が大事ばい」
と、練習という言葉を二回繰り返した。正の練習という言葉は、女を口説くことと、剣道や水泳を練習することとは同じだと言っているようであった。しかし、三郎は女を引っ掛けるという練習に心が鍛えられるのかということが問題だった。大学受験に失敗し、また、吃音である駄目な三郎に女を引っ掛けることが、果たして可能だろうか。道を歩きながら、三郎には女を引っ掛けることはできないと思った。

次の日は空がどんよりと曇った日曜日であった。正は三郎をN駅から送ってくれた。三郎は明日の専門学校の試験が気になった。こんなことをしていて、試験は大丈夫だろうかと思った。受験して、合格したことのない三郎である。また、専門学校の試験にも失敗するような気がしてきた。不安を打ち消すように、正との会話へ心を向け、楽しもうと思った。

九州の果てＦ県の駅はがらんとすいていた。大学生らしい女が、灰色の曇天をじっと見ていた。女の服装はとてもじみな物であり、灰色の空の色と同じに三郎は感じた。二十歳ぐらいの女にしてはどこか寂しい感じであった。

正は駅のホームで女の方を見た。正は三郎に向かって、

「あれから練習すれば……」

と、三郎へ頑張れよというエールを送る表情になり言った。「あれから」という言葉が女を獲物のように扱っており、エロチックな響きを持って、三郎の心に響いてきた。

三郎は薄笑いを浮かべて、

「うん……」

と返事をした。三郎は女の前に座るのが恥ずかしいと思った。もし、どもっ

てしまったら、どうしようとも思った。

女はなおも灰色の空を、ぼんやりとした目で見ていた。三郎には、がらんとすいた他の座席を横目に見ながら、女の前に座る勇気はなかった。

三郎は正に向かって、

「無理やね……」

と、言うなり黙ってしまった。

正は三郎の声を聞くなり、

「ま、ぼちぼちすっとよ……」

と、慰めるように話した。三郎は正の意のままに動けない自分が悔しかった。

このN駅は長崎本線の終着駅なのである。まだ、国鉄N駅という時代である。駅全体を静寂がスッポリと包んでいった。

もう正の表情はにこにこと笑っていた。

三郎は正の笑顔に見送られながら、車内に入って行った。正は三郎にもう一度、女の席の前に座るように車外から目で合図を送ってきたが、思うように心が動かなかった。三郎は大学生の女が座っている方を横目で見ながら、入口の右の端に座った。座っているだけで、体の中から汗が出てきた。正にうながされて、どうしようかと緊張してしまったために、心臓の鼓動が速くなり、体がほてってきた。

だが三郎は、座席に座って見ると、大学生の女の前の座席に座れないのは残念だと思った。正が話していたように、「女を引っ掛ける練習」だと思えばよかったのにと、後悔し、しまったと思ったが、がらんとすいている車内で、もう一度、席を立って、大学生の女の前に座る勇気はなかった。

正の方を見ると、やはり笑っていた。三郎が正の方を見ていると、電車は発車のベルの合図で、ドアが締まった。

正は、右手を空高く上げて、三郎の未来への出発を祝福してくれていた。三郎にはそう思えた。

しかし、三郎は正の期待には答えられない予感がした。だが、三郎はなんとしても女とはセックスをしたかった。

H県行きの急行電車は、三郎の期待と不安を乗せて、出発した。

途中の駅で急行電車は停車した。とても淋しい駅であった。高校生の女の子と。OLの女が乗車して来た。三郎は胸の鼓動が高なるのを感じた。もう、昼近い時間であった。日曜日のためか、二人の女は、どこか解放されていた。

OLの女は三郎の前に座った。三郎はしめたと思った。

「ここはどこですの」

と、女の反応を確かめるように聞いた。三郎の心はドキドキと鳴っていった。どうしてなのか不思議だった。自分の肉体と精神が分離し、肉体だけが暴走していた。

「ここですか。肥前山口ですよ」

と、ＯＬは標準語に近い言葉で話した。三郎の心はその言葉により、やられてしまった。ＯＬの女も、犬や猫以下で、すぐにやらせてくれるのかと、考えるといてもいてもいられなくなった。いろいろな思いが駆け巡った。

自分の行っていることは、神様を冒瀆していると思った。そう思うと、この電車の中から逃げ出したいという気持ちになった。

しかし、三郎の無意識は、

「何、かっこつけてんねん」

と笑った。

三郎の恥ずかしいという意識から離れて、かってに喋り始めた。

三郎はＯＬの心の中にさりげなく入って行こうとした。

「どうですか。ここでの暮らしは……」

三郎は、話の内容がこの場の雰囲気にはマッチしていないと思った。三郎の体から汗がダラダラと流れ出るのを感じた。

するとＯＬの女から、

「私はここが好きですけどね。お住まいはどこですか」

と、逆に三郎に聞いてきた。三郎はどう返事をしてよいかわからなかった。

「僕の住んでる所……。大阪やねん」

ＯＬはびっくりした表情になった。ＯＬの女の表情を見て三郎も同じようにびっくりした。この女、何を考えてんねんと思った。相手とのやりとりはゲームのような気がした。

女との言葉の交流が性交渉へと移行するとは思えなかった。しかし考えてみるとセックス自体も女とのゲームである。女との交流に成功しセックスをしてもよし、負けて、セックスをできなくてもよいと思った。遊びだから……。また、そう思わねば、この雰囲気に耐えきれないと思った。

三郎は自分の何かが狂ってしまっていると思った。正常な青年がこんなことを考えるとは思えない。考えれば考えるほど、三郎の心はぐるぐると自己運動をするように回転し始めた。

ＯＬの女は十九歳だと言った。

「やっと働いて、一年たちました」

と、ニッコリと笑いながら話した。今日は日曜日なので、高校時代の友だちの家に遊びに行くのだと言った。

三郎はＯＬの笑顔を見ると、心の自己運動が一瞬は止まり、救われたように感じた。

果たして、この女が三郎と関係をもってくれる可能性があるのか、ないのかが三郎には気がかりだった。

正は、女へアタックすることは、練習を重ねることで、うまくいくのである。練習とは、計算練習のように繰り返し行えという意味である。繰り返し行うことによって、女へのアタックの技術が向上するというのであった。しかし三郎には、女を口説きセックスをすることと、計算練習をすることとは同じには思えなかった。

ＯＬが乗車してから二十分間ぐらいが過ぎた。

「では……」

と言いながらＯＬの女は電車を降りて行った。三郎はやっぱりうまくいかなかったと思った。女は三郎から去っていくものであるという観念に襲われた。何をしてもやっぱり、駄目だと思った。

電車は、Ｈ県へ向かって進んでいった。三郎は電車の窓から、外をじっと見つめた。広い田園地帯が静かに広がっていた。三郎の心はどこへ行くのかわからずに、自分で自分を心配した。

あれから十年。正は離島のK島に眠っている。もうこの世にはいないのだ。正は白血病になり、三十代前半で死んでしまった。三郎が正の家に泊まったころ、結婚問題で悩んでいたという。大好きな恋人が、遊び人の正の子を堕ろしてしまった。正は、子供を堕ろすというその日に、ちがう女を連れ込みホテルに泊まっていた。それを知った恋人は正から去っていった。正は頑張って引き止めたが、駄目だった。

正は一日泣いていたという。

「女と遊んではならない。自分の心を遊ぶことになるから……」

と、言いながら……。

正は、独身のままで一生を終わった。

三郎は東シナ海が見える丘に立っている。正の眠っている墓と一緒に……。

大学受験に失敗し、どうしようもなくなり、生きていく目的を見い出せない三郎を、暖かい眼差しで見つめていた正。正のことを考えると三郎はどうしてよいかわからなくなった。

三郎は広大な、東シナ海に向かって、

「正……。正……。正……」

と、大きな声で叫んでみた。

青い東シナ海は、だまって三郎と正の墓を見つめていた。

いつまでも……。

「玄」43号　１９９６

アタックナンバーワン

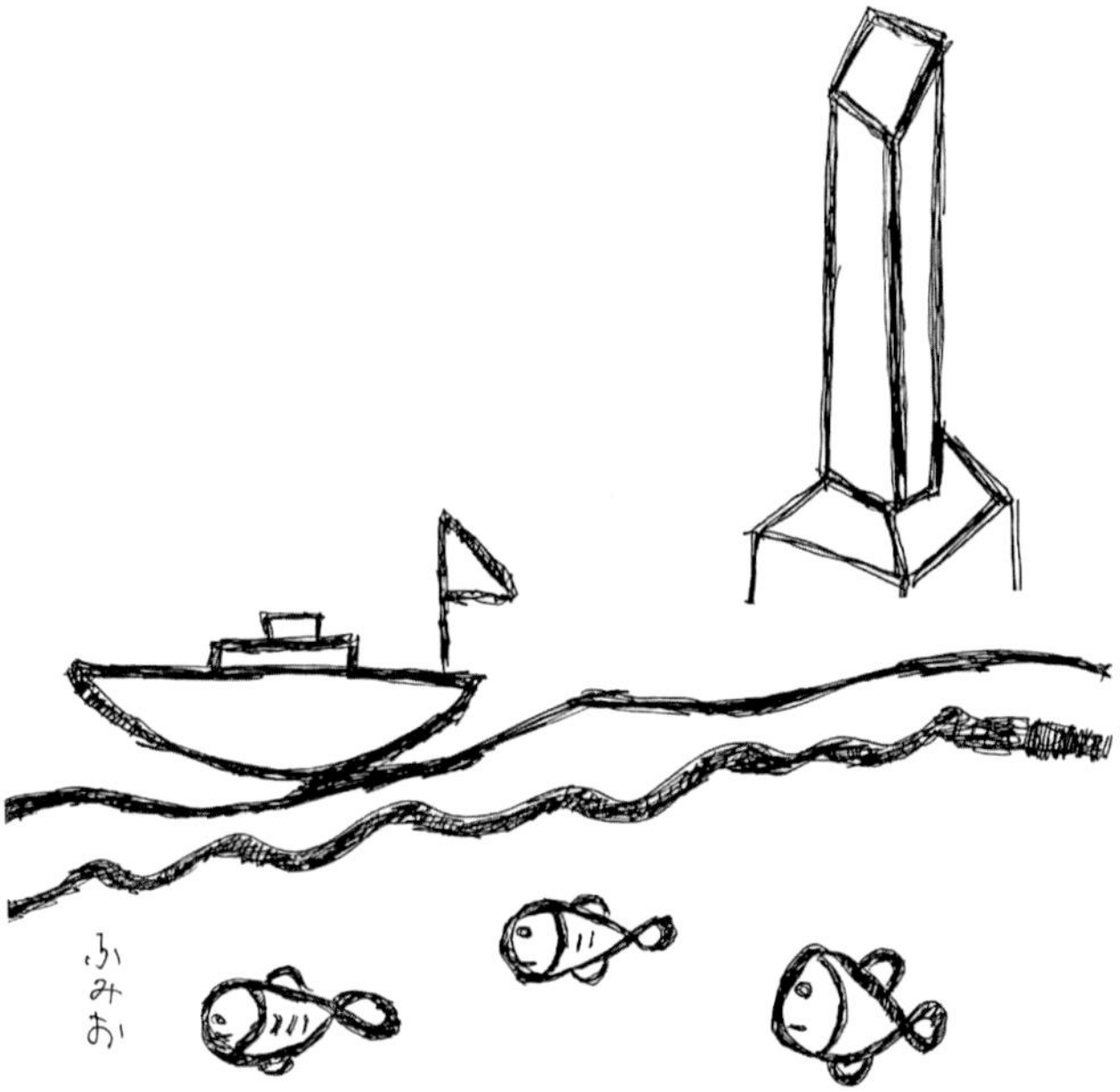

パチンコ

うすよごれた
けしゴム
ぼくのために
働き
古く
なった

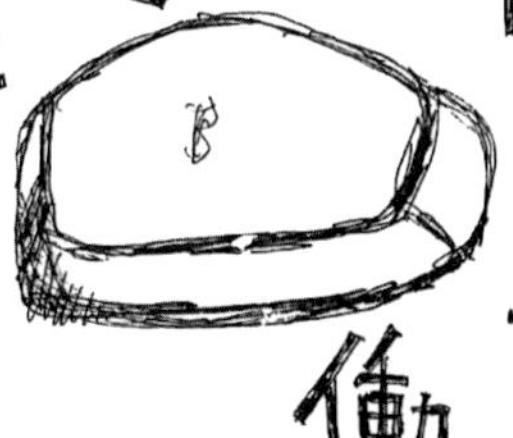

ふみお

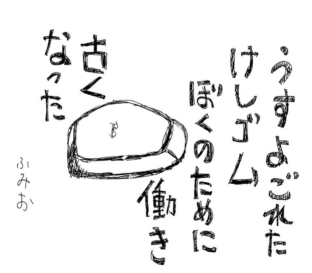

「原田三郎君。なぜ党をやめるんや」

三郎は十八歳。高校三年生である。三郎は、社会主義同盟M派に所属していた。三郎は共産主義になると万人は幸せになると思っている。天才マルクスが間違うことは絶対ないと……。

しかし、三郎は、大学へも入学したかった。共産主義運動をしていると勉強はできないのであった。勉強できなければ、大学へも進学できない、反対に、共産主義運動をやめると、勉強がバリバリできると思った。

だから、三郎は共産主義運動をやめて勉強しようとした。

三郎が、党から逃亡してから、一週間ほどたった。地区キャップの篠原から、電話があった。

「篠原ですが、原田三郎さんのお宅ですか」

と威圧的な声が受話器から聞こえてきた。

「はい、ぼく三郎やけど……」

「あー、三郎君か。どうしたんや」

と、党から逃亡しようとする三郎を篠原はひき止めようとした。

「えー。どうしたんやと言われても、ぼくはどう言っていいかわかりません」

と、三郎は、キャップの篠原と話すのがいやだと思った。

「まー、いいよ、三郎君。君と話をしたいんやけど、どこで待てばいいんだね」

「えーと、それでは阪急電車のT駅で待っててください」

と三郎は、会うのはいやだなと思いながら返事した。彼の家より五分ほどの喫茶店で待ち合わせをした。

阪急電車のT駅まで地区キャップの篠原はやって来た。駅前の賑やかな雑踏の音が三郎の耳に響いてきた。真昼から篠原に会うのがおかしかった。

三郎が篠原と話していると、私服刑事が一人、入って来た。

篠原が、

「悪いな三郎君。今、君の後ろに刑事がいるやろう。大きな声では話せないな。君も知っていると思うけど、現代の日本帝国主義は戦争へ向けて、一歩一歩日本国内を再編しているねん。そこの私服刑事を見てみろ。彼らを代表する日本帝国主義者は、一切の物を侵略反革命の野望に向けて、日本国内を戦前のように再編成しようとしてんねんぞ」

と、熱っぽく語った。三郎はそのことには納得できた。しかし自分の幸せのためには、大学へ行かねばならないと思った。そのことがよき日本を作ることにつながると思った。なぜならば三郎は日本国民の一人だからだ。一人でもよい人物ができれば、日本国もやはり一歩はよくなると思った。

彼は、革命はおもしろい活動だと考えた。しかし高校生の三郎は、勉強せねばと思った。大学こそが、すべての人を聖人にする場所だから、大学、入らねばならない。人は大学を卒業すれば聖人になり、卒業しなければ駄目な人物になるとも思った。三郎が、この世に生まれたのは大学を出るためなのだ。三郎にとっての大学は、三郎の人生そのものだった。彼はなんとしても、大学へ入って卒業したかった。

だから三郎は、共産主義運動をやめねばならないと決心した。

篠原は、

「ここでは、私服刑事がいるので、またな」

と言って、三郎に党活動にもどって来るようにと語り去って行った。

次の日、高校生活動家のキャップである加賀谷から電話があった。

「どうしてん、三郎君。しょんぼりしてるそうやね。ま、そういう時代もあるけどな」

「そんな時は、みんなあるんでしょうかね」

と、三郎は加賀谷に聞いた。三郎は同じ高校生だからわかってもらえると思った。加賀谷は社会主義同盟M派の高校生活動家のまとめ役であったから、みんなの気持ちを知っていると思った。しかし、電話で話してみると、違っていた。ただ、共産主義を機械的に現実に適応する男であった。加賀谷は続けて電話で話した。

「まー、活動がいやになるのもわかるけどな。しかし、階級闘争は待ってくれんしね」

「え、まー、そうなんですけど……」

と三郎はあいまいな返事をした。どう返事をしてよいやら、わからなかったのである。もう共産主義運動をするのはこりごりだと感じている。三郎が共産主義運動に参加したのは、共産主義という思想にあこがれをもったからである。だれもが同じというのはすばらしいと思った。なぜならば、三郎の家庭は貧しかったからである。

電話の後、母親が心配して彼に話しかけて来た。

「だれ、今の人は……」

「今の人か。学生運動の人やんか」

と、憎々しげに母親に三郎は返事をした。

「共産主義運動か。わるうわないけど、勉強の方はだいじょうぶか」

「そうやねん。勉強せんといかんねん。なー、お母ちゃん、おれ大学行ってもいいんやろう」

と、母親にたのむように三郎は言った。

「ええよー。お父ちゃんもな。お前が六歳の時、死ぬ前にな。これからは学問の時代やから、マツ子、子供は大学までやらんといかんぞと言いながら死んだんや。だから、どんなことをしても、大学へは入れたるよ」

と、母親は決心してるよという顔をして答えるのであった。

「ほんまやねんなー」

その言葉を聞くと三郎も頑張らねばならないと思った。なぜ、これほどまでに大学へ行きたかったのかと言うと、母マツ子があまりにも教育熱心だったためでもある。母マツ子はよく働いた。マツ子は子供思いの母親であった。マツ子は自分の服を買うことも忘れたように、ひたすら働き、頑張って貯金した。それが母親の務めと思っていた。三郎は、マツ子の自己犠牲的精神に答えていかねばならないと考えた。

母親の三郎を思う気持ちはとても深いものであった。三郎はどうして社会主義同盟M派に入党したのかを考えた。初めに三郎をM派に誘ったのは高橋京子であった。京子は高校を中退して、学生運動の中に自己を投入した。京子は三郎に言った。

「ブルジョアジーのために勉強してもしかたないわ。今は階級闘争をしないとね」

と言いながら、自分の進むべき道を選びとっていった。三郎は京子の革命的な態度はすばらしいと思った。少なくとも三郎にはまねのできないことだった。

日本は学歴社会なのである。人は学歴により、与えられる仕事がちがうのである。社会的に評価の高い仕事は、高学歴の人間が行う。同じ学歴では国公立の大学の方が優れているのである。私立大学はそれに続くのだ。

この学歴社会より逸脱していく者がいる。逸脱者は独力で、社会の中に突入し、自己の足場を作っていくのである。それはとてもすばらしいことである。しかし前人未到の世界である。さもなくば社会の落伍者になってしまう。京子は、社会の落伍者の道を自分から選んでいったのである。それは覚悟のいることであった。三郎は、京子のまねはできないと思った。

このように考えると、日本の階級社会で生きることは勇気がいることだと思った。三郎は社会性はゼロパーセントであった。なによりも人が恐いのである。しかし、三郎も社会の中に生きているかぎり、人間と共に生きるしか道はないのである。

三郎は、社会主義同盟M派からの限りない追及が恐かった。冬休みは自宅より祖母の家に逃げていった。

「お母ちゃん。おれM派の人間が来るとうるさいから、おばあちゃんの家に行ってくるわ」

と母親に、M派から電話がかかってくることが、いやだといわんばかりに話した。

母親は頷いて、

「それがええわ。おばあちゃんの所へ行ったら、しっかり勉強せんとあかんで……」

と、三郎が勉強して大学へ行くことを励ました。

学生運動どころではないのである。日本の帝国主義化と闘うことは大事なことである。それはとてもよいことではあるが、自分のこともできない三郎は学生運動どころではないと思った。

現に今、三郎は高校を卒業できるか心配している。三郎は、自分の発達課題を追求してから、人のことは考えるべきだと思った。

「じゃー、お母ちゃん行ってくるわ」

と言うなり、アパートを出て行った。

祖母の家までは私鉄電車で五十分であった。窓の外はひんやりとしていた。冬休みのため、通学している高校生はいなかった。前に座っているのは、買い物かごを下げたおばさんであった。

三郎は、昼間の主婦の生活に興味を持った。買い物かごはとても大きかった。家庭の巨大な胃袋を一人で支えているのだと言わんばかりであった。彼女は窓の外を見ていた。三郎もおばさんの見ている方を見たくなった。そこを見ても何も見えなかった。ただ一面に暗い空が広がっているだけだった。阪神工業地帯から出る煙が、大空一面を包んでいた。さっきのおばさんは、何も見えない所をじっと見ていた。三郎は不思議になり、もう一度見てみた。やはりそこは何も見えなかった。

三郎は、おばさんに質問したくなった。何がおばさんの生きる目的なのかと。しかしそれは、三郎が自分に問いかけたい問題であった。

次から次へと、三郎の自我に向かって、無意識の世界が問いを発するのであった。三郎、共産主義を裏切ってよいのかと、無意識が言う。一生苦しむことになるよとも、無意識はせめてくるのだ。しかし、人と交わるのが恐い三郎は共産主義運動ができないのであった。吃音である三郎は言葉を発すること自体にとても苦痛を感じた。

三郎がオルグする人の中に、喋るたびに笑う者が何人かいた。本人は悪いと思っていないのであるが、三郎は笑われるたびに相手を殺してやろうという感情が、湧き上がってきた。運動に参加する前、三郎は共産主義運動をして、みんなの前で喋ると、吃音はなくなると思った。しかし、なくなるどころか、吃音は増々ひどくなった。もう、流暢には喋ることができなくなった。どうすればよいのだと思えば思うほど、増々つまってしまった。この状態はアリ地獄と同じ苦痛の状態であった。

電車の暖房はとても心地良かった。三郎は段々眠たくなってきた。眠るとすべてを忘れることができるので心地良かった。

電車は阪神電車のA駅に着いた。三郎は、A駅の下にあるOデパートへ行った。人がとても多かった。電気店ではストーブを見ている人が多かった。外は寒かった。それに比べて室内は暖かかった。三郎はあてもなく、歩いた。三郎は小物売り場へ行って、キーホルダーを見た。見ていると、Oデパートにいるのがいやになった。

次はK市場へ行った。多くの人々が市場を歩いていた。どこから、こんなにたくさんの人が来るのか疑問が湧いてきた。三郎は、市場の通路で掛け将棋を見た。

十人ぐらいの人だかりの中で将棋をしていた。さかんに話していたおじさ

んが、

「えーっと、ここへ打ってと……。それからどうしようかな」

おじさんは、野球帽の先をつかんで話した。次の瞬間には腕を組んでいた。そのほかの人たちは、そのおじさんの仕草をじっと見ていた。おじさんに向けて将棋指しは、

「どう、やりまへんか。二回で二百円だっせ。勝てばタバコ二十個。二千円分だっせ。やりまへんか。そこの兄ちゃん。どうや、せえへんか」

と、まわりの人を誘ってきた。すると、腕を組んでいたおじさんが三郎に向かって……。

「そうや。お兄ちゃん、やってみたら……。勝つかもしれんで……」

と、誘うように話した。三郎は、あれ、このおじさんはおかしいなと思った。将棋指師と同じ仲間ではないのかと感じた。何となく胡散臭くなったので、

この場所を離れた。

三郎はK市場の端に向かって、どんどん歩いて行った。着ぶくれた人が多かった。みんな正月の支度に忙しそうに歩いていた。三郎は党派から逃げているのは自分だけだという絶望的な気分になった。歩きながら三郎は思った。自分の思想をマルクス主義と決めたのに、主義のために生きることができないのが悔しかった。

K市場を歩く人の顔は、どの顔も明るかった。三郎は歳末の大売り出しに出合った。その呼び声は魚屋の安売りであった。

「博多名物めんたいこ。一匹、一百円。どうだ、どうだ。持ってけ……」

と、威勢よく、お客さんを誘っていた。

しかし、人々は見向きもしなかった。三郎は魚屋の威勢のよい声が羨ましかった。三郎はあんな声が出せたらよいのになと思った。魚屋は売れなくても頑張っていた。その姿は、三郎に生きる姿勢を教えてくれた。三郎は感動が胸の奥深くから心に広がっていくことがわかった。魚屋の声は増々大きくなっていった。

魚屋は自分の哲学で生きているなと思った。三郎もマルクス主義を信じており、捨てることができなかった。ただ、マルクス主義運動には堪えきれなかった。

K市場は全長、五百メートルほどあった。A市の台所である。ここに来れば、必要な物のすべてが集まるのである。三郎はここにいるだけで幸せだと思った。

三郎は魚屋の声を聞きながら、市場の終わりまで歩こうと思った。市場の果てまで歩いても、何もないことはわかっていた。だが無性に歩きたくなった。

人々はとても明るい顔であり、三郎の暗い心と対称的であった。その段差があまりにも開きすぎているので、三郎は惨めになった。

三郎はK市場で、二時間ほど過ごし祖母の住むアパートに向かった。祖母はアパートに一人で住んでいた。三郎は祖母が一人で住むことを楽しんでいるように見えた。祖母は生活保護で生計を立てているのである。

三郎は祖母の顔を見ると暗い心が明るくなった。

祖母は、三郎の顔を見るなり、

「よー来たない。まー、ゆっくりしていかんか。今日は泊まって行くらおうが……」

と鹿児島弁で聞いてきた。

「うん、ばーちゃん」

と、笑いながら三郎は返事をした。三郎の心は、祖母に会ったので明るくなった。とても幸せだと思った。三郎にとっては、大切な物だった。党派より逃げているため疲れた心が一瞬、安堵した。

祖母の部屋は三畳間であった。同じ郷土の祖母の友だちも一緒に住んでいた。友だちはは春枝さんと言った。

夕食を食べていると春枝さんが、

「よー来たない。元気な」

と、若い者と話すのは楽しいことと、言わんばかりに、三郎に声をかけた。

三郎は、

「はい、元気やで」

と、春枝さんの明るい声に生きかえったように返事をした。

「今な、あつ子のばあちゃんの前の部屋が空いとったあがや。そこへゆっくり泊まっていかんね。一週間ぐらいおってもよかたあがや……」

と言うなり、春枝さんはまたにこにこと笑って見せた。

三郎は、春枝さんと話しうれしくなってきた。自分の住んでいる世界と違う新しい世界に触れたような気がした。

次の日、一日アパートでぼーっとしていた。A市に来てよかったと思った。

「三郎。あっこも小遣いがほしかろうもん。これ五千円。小使いに使えばよかたあ」

そう言いながら祖母は三郎に五千円くれた。三郎の心は、すがすがしい朝日のように明るくなった。五千円のお金は三郎の夢を大きくふくらませた。三郎は大人の世界にあこがれていた。タバコを吸うためのお金はもったいないと感じた。しかし、三郎は一度でよいから、パチンコをしてみたいと思った。

その日の夕方、五千円の中から千円を抜き出して、パチンコ屋に行った。もう行く場所は決めていた。K市場の入り口にあるパチンコ屋である。チンジャラジャラという音が天使の奏でる音楽のようであった。三郎はさっと店の中に入り、三百円で玉を買いに行った。十分で負けてしまった。次はまた、三百円で、玉を買いパチンコ玉を打った。今度は二十分できた。ちくしょうと思い最後に四百円全部で玉を買った。今度は初めの方は入ったが、後半負けてしまった。一時間で千円、全部負けてしまった。三郎は祖母が生活保護の中から貯めた千円を、一時間で使ったのは、もったいないと思った。ちくしょう。パチンコ屋にはもう絶対に行かないと決めた。負けた悔しさと、惨めな気持ちでパチンコ屋を出た。

また、次の日も千円を持って昨日と同じパチンコ屋へ行った。入り口に立つと心は踊った。今度は玉を五百円ずつ買った。初めは負けたが、二回目では、玉がびっくりするほど入った。二時間ほど打っていると、終了した。三郎は、五千円をとった。

　店のお姉さんが三郎に、

「お金にしますか。それとも景品にしますか」

と聞いてきた。

　三郎は迷わず、

「お金にしてえな」

と、はずむような声で答えた。すると、お姉さんが小さな箱を五個くれた。

　三郎は、お金をもらえると思っていたので、箱をもらってびっくりした。

「あれー。お金と違うの」

と言うと、お姉さんが、

「お金に替える所は、店の出口を出て、右に曲った所にあります。行けばすぐにわかるわ」

と、いつも言っていることをまた言うのか、めんどうくさいなと言わんばかりの態度に三郎はむっとした。

三郎はよくわからなかったが、言われた場所に行ってみた。すると小さな物置き小屋のような物があった。そこで、五千円もらった。また次の日も同じパチンコ屋に行った。今度はすぐに千円負けてしまった。この後三日間はパチンコ屋へ行くのをがまんした。

四日目にがまんしきれなくなり、朝九時に家を出て、パチンコ屋にならび開店するのを待った。三郎は今日は勝てると思った。十時にパチンコ屋は開店する。待っていると、時間がたつのがゆっくりだと思えた。

やっと十時になり店が開店した。待っていた人、みんなが走ったので三郎も走った。今度は初めに千円で玉を買った。すぐに負けた。また千円で買った。そして打った。二時間もしないうちに五千円負けてしまった。三郎の打ったパチンコの台は、両側のポケットに入れば、真ん中のチューリップが開き、玉が入るという台であった。三郎は中央の赤い大きなチューリップが開くたびに歓声の声をあげた。とてもうれしかった。このまま永遠に、このチューリップは開き続けると思ったが、長くは続かなかった。そして、五千円負けたのであった。二時間で五千円使ったのがもったいないと思った。祖母の苦心して貯めたお金を、三郎の遊びのためにこんな簡単に使ってもよいのかと思った。思えば思うほど、悔しさがこみ上げてきた。おれはどうせ駄目なんだと三郎は後悔した。三郎は来年は大学受験であった。心の中から、これでよいのかと自分に問うてみた。すると、これではいけないという返事が返ってきた。三郎は明日から心をいれかえて、勉強しようと思った。

次の日、三郎はきのうの決意を実行した。彼はまず英語を勉強した。三郎は、英語は単語の学習が大事だと思った。単語をノートに書いて練習した。手が痛くなるほど書いた。

書いていると心が不安になった。彼は吃音なのである。彼の「どもり」は不安が増せば増すほどはげしくなった。彼は英語の単語を書きながら、日本語も言うのである。しかし彼は農業という言葉が出なくなった。書きながら口でとなえるのである。どうも初めの「の」という言葉が出なくなった。

練習してみた。少し言えるようになった。「の」と言う気持ちで声に出すと、

「の・の・の・の・の……」

と五回続くのであるが、やっとその後に、

「ぎょう……」

という声が出るのである。これでは、店に行っても商品が買えないと思った。アルバイトもできないとも思った。だって、「のうひんしょ」の、「の」という言葉が言えないから、駄目だと思った。三郎は将来を考えると不安になった。三郎は自分に自問自答してみた。こんなおれだ。言葉も喋れないおれだ。おれは果たして、将来生きていけるのかという、否定的な考えで頭がいっぱいになった。結論は、お前は死んだほうが社会のためだというものにまとまった。

三郎はまた自問自答した。だってお嫁さんをもらうのはどうするんだ。しかし、どもっては女も口説けないぞ。家族を作れないお前は生きていく価値があるのか。無意識は三郎に問い返してくる。三郎はその心に答えるのができなかった。それはそうなんだけど、やはり自殺はいけないし、どこまでも生きねばと思った。

こんなことを考えていると勉強するのがいやになった。どうしておれだけこう苦しむように神様は作ったのだと、独り言を言った。神様は何も答えなかった。……。

五千円負けてから、一週間が過ぎた。三郎は同じパチンコ屋に行った。今日は絶対に勝ってやると思った。彼は一週間がまんしたのであった。もうすぐ高校も始まる。今日しか暇はないと思った。

パチンコ屋の中で三郎は、二回目で勝った同じ場所に座った。座るとすぐにかぎを台の上に置いた。かぎを置いて三郎は、玉を買いに走った。玉を買うと、彼は一発、一発、玉に気持ちを込めて打った。玉を一発、一発打つたびに体の中に快感が走った。それは三郎の性の欲望を満足させるものであった。

パチンコ玉が最後に負けた穴に入るのも楽しかった。また勝った玉がチューリップに入るのも気持ちがよかった。パチンコ玉は、あたかも原田三郎に代わって性行為をしているようであった。三郎には、パチンコ台のポケットが女性の性器のように思えた。男の精液はすべて、女性の口腔の中へ消費されるもののように思う。

原田三郎のみたされない欲望がパチンコ屋の中に入ると、消えていくのが不思議であった。こんなことを考えて打っていると二千円のお金はまたたくまに、なくなってしまった。

最後の二千円も負けてしまって、とうとう三郎は自分のした失敗の大きさに気がついた。祖母がいくらのお金を国より支給されているのかは知らなかったが、とても少ない額なのだ。

祖母の爪に火をともすようにして貯めたお金を、一瞬にして使った悔しさがとてもたまらなかった。もう三郎は、祖母の家には行けないと思った。

三郎は、高校三年生の三学期をむかえた。もう、M派の連中は、三郎を追いかけまわしはしないと思った。しかし不安はあった。

学校の中で、同級生の近藤朋之が三郎に、

「おれな、アルバイトしてん」

と笑いながら言ってきた。三郎はどのようにしてお金をかせいだのか知りたかった。

「なんでもうけてん」

「あんな。配達の仕事やねん。つまりやな。新聞社の運送係やな。ええ金になってな。一日四千円くれてん」

その話を聞いて三郎は、思わずうらやましくなってしまった。

「それでな。そのお金、今持ってんねん」

と言いながら、朋之は財布のお金を見せた。お金は四万二千円あった。

三郎はこのお金がほしいと思った。どうしても必要だと思った。また党派の連中が来たら、逃げないといけないからだ。


新学期が始まって一週間がたったある日。一月の寒い中、体育の授業があった。五校時が一時三十分から始まった。門のフェンスを見るとM派の連中が三郎を探していた。三郎はまずいと思った。

体育の授業で不安を感じた三郎は男子更衣室の方に逃げた。M派の連中のするどい視線を感じた三郎は、もうこれ以降、学習はできないと思った。思うが早いか三郎はどうしても、パチンコがしたくなった。

彼は近藤のズボンを見た。中を見ると財布があった。近藤はまだ財布の中に四万二千円のお金を持っていた。三郎はこのお金がほしいと思った。M派から逃げて、パチンコをして一瞬の楽しみを味わいたいのだ。三郎は、近藤の財布からお金を盗んだ。三郎は、私服に着替え、パチンコ屋に走った。

国鉄M駅の近くのパチンコ屋に入った。三郎は頭の中がむしゃくしゃしていた。自分が何をしたのか忘れたかった。もう高校には行けないと思った。高校中退になるのは、非常に不安があった。しかし、三郎はそれ以上にM派の追求が恐かった。

三郎はパチンコン玉を二千円で買った。彼は、パチンコを勝って、金を儲けてやろうという気持ちはなかった。ただ、自分の周りで起きている人間関係を一切清算したかった。三郎はもうやけっぱちになっていた。どうでもなれと思った。そう思うと涙が流れてきた。涙を流しながら三郎は、ただパチンコ玉を打った。
いつまでも……。

「文学圏」第13号　1997・5

吃《きつ》音《おん》

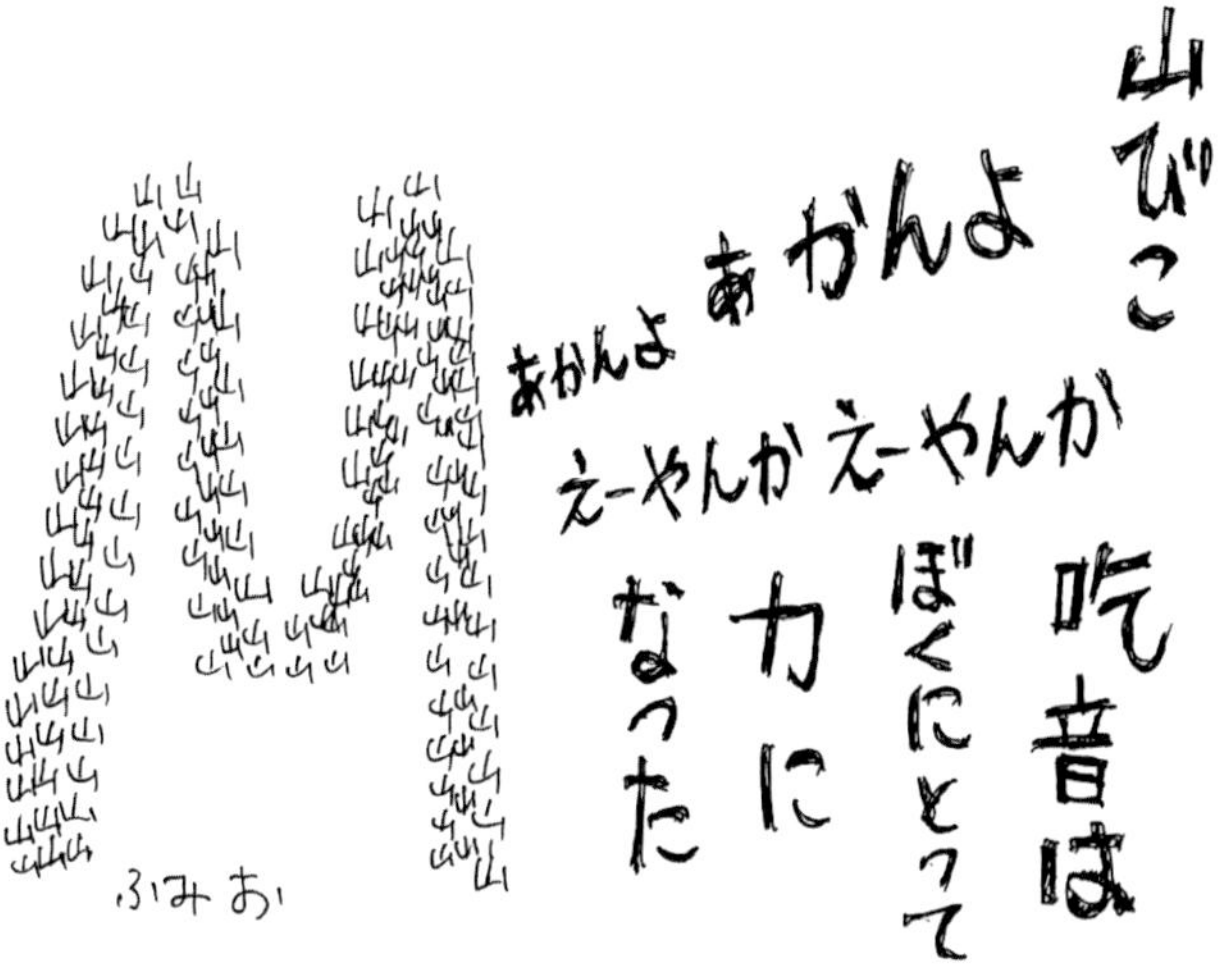
山びこ
あかんよ あかんよ
えーやんか えーやんか
吃音は
ぼくにとって
力に
なった
ふみお

「おおおおおお母ちゃん。また、おれ笑われたで、どどどどどどない
すればいいねん……」

中学二年生の原田三郎は、吃音であった。話す時、つまってしまうのであ
る。

「おおおおおお母ちゃん。おおおおおおれが喋るとみんな笑うねん」

三郎は、話すのが怖かった。人は三郎の人格は見ずに、ただ流暢に話すの
か話さないのかだけを見て人間の価値を決めると思った。

母、マツ子は子供の悲しみをやわらげるように話した。

「ちょっとつまっても、だいじょうぶらおうが……」

と、三郎をなぐさめるように話した。

しかし、母は悲しかった。三郎の気持ちが痛いほどわかるからである。

「しっかりせんといかんとよ」

もう母は、自分でも何を言っているのかわからなくなってしまった。あたるものがない三郎は、また母に迫って言った。

「どどどどうして、おおおおおれが喋ると、みみみみんな笑うねん。ほほほほほんまに困るわ」

とうとう三郎は、怒りの持って行き場所を捜しあてたように、母に当たり散らした。三郎は自分がどうしてよいかわからなかった。

思えば、三郎は小学校三年生から民間の言葉の矯正施設に入所した。あの時、学校から矯正施設の案内をもらい、母に見せた。

「三郎なんな、そいわ」

母は矯正施設へ行くと、三郎も言葉を治して、立派な子供になれると思った。とても強い言葉の調子であった。余りにも強い語調のため六年前のことを今でもはっきりと覚えている。

三郎はすぐに今日あったことを話した。

「ああああああんなあ、おおおおお母ちゃん。せせせせせ先生がなあ。原田君はどもりやから、こここここここに行ってどもりを治してもらい。こここここれお母ちゃんに見せて、はよ治しに行きや」

と、三郎は母に先生から聞いた話の一部終始を語った。あの時、三郎は母のマツ子が三郎の吃音を心配し、どうしても治してやろうという深い感情を読み取った。この時から、母の存在が、大きなものになった。

すぐに、三郎は言語矯正所へ通級した。

あれから六年間が経っていた。しかし三郎の言葉は治らなかった。ますますひどくなった。やはり、おれはどもりだと自覚した。

三郎が吃音だと思うことは、特別な人間だということを意味していた。しかし、吃音の軽重を決めるのは、吃音に対してどのような気持ちを持つかということである。

アメリカインディアンの中には、どもりという言葉がない民族がいるという。そこにはどもりはいないということである。つまり言葉がどもりを作り出したというのである。

中学二年生の三郎は、自分の言葉を自分の意思で管理できない悔しさが、頭をもたげてきた。どうすればよいのだろうと考えた。しかしどうすることもできなかった。

今日、三郎は学校であったことを思い出した。あれは三時間目の国語の授業であった。国語の西田先生が、三郎に「言語」という説明文を読むように言った。

『言葉は、人と人との気持ちを伝えるために大切な働きをしている』

と、いう文章を三郎は読もうとした。しかし、言葉が出てこないのである。

「こここここここここ……」

三郎は、自分でもどうしたのだろうと戸惑ってしまった。

学級のみんなは、三郎の発表している言葉を聞いて、笑い始めた。どの顔も三郎を馬鹿にしたように見えた。

三郎は笑っているやつらを、みんな殺してやりたいと思った。殺すことは悪いこととは知っていた。しかし、他人を屈辱して生きていく人間こそ、生きることを許すべきではないと思った。

この時から、吃音を早く治そうとした。吃音を早く治さないと、もっとつらい思いをするだろうからである。

国語を一緒に勉強している、三郎の好きな直美さんも笑っていた。直美さんだけは三郎の苦しみを、わかってくれていると思った。そう思うのは夢だったということが、よくわかった。

ただただ、無力感だけが、頭をもたげてきた。三郎はただただ悲しかった。でも、なぜか三郎は泣けなかった。泣いたら終わりだと思った。泣けば、自分の全存在に決定的に絶望するだけだと考えた。絶望の最後の淵まで落ちたら、もう立ち上がることはできない、後は死ぬだけの運命になるのである。だから、泣けなかった。

敗北したのら犬が、子供たちに石を投げられているところが頭に浮かんだ。しかし野良犬は泣けた。

「キャンキャンキャンキャン……」

と、自分の悲しみを、言葉を通じて表現ができる。だが、三郎は泣くことができない。声がすらすらと出せたらな、と思った。自分はのら犬以下の存在だという感じがした。

国語担当の西田先生は、笑いながら、

「ハハハハ、もうええわ。読まんでも。しっかり、読む練習せんからでしょう。はよつまるくせ治しや。もう、座りなさい」

人を馬鹿にしたように、また、この子供は恥ずかしい存在だと言わんばかりの、口調であった。三郎の中に人間に対する不信感が広がった。

これではいけないと思い、三郎は、吃音を治すためにいろいろな方法を試みた。

近所のおばさんにゆっくり話さないからどもるのだと言われた。だから三郎は、ゆっくり話せばどもりは治ると思った。また、どもりを治すためにはこの方法しかないと考え、ゆっくりしゃべることにした。

まず、風呂屋で挑戦した。

風呂屋の番台には、四十歳ぐらいのおじさんが仕事をしていた。三郎が入

口の戸を開け中へ入るなり、

「いらっしゃいませ」

と、人と喋るのがいやなのだと、言わんばかりな表情で、

「頭は洗います……」

早く言え、言わなかったら、帰っていいんだよ。そんなやつは来なくてもよいぞと、思っているような声であった。

三郎は、おどおどした調子の声で、

「あーーのーー、あーーたーーまーーはーーあーーらーーいーーまーーせーーんーー。かーーらーーだーーだーーけーーにーーしーーまーーすーー」

三郎はゆっくり、慎重に喋った。話していると、自分の意思を言葉の音声に置き変えるのがいやになった。

番台のおじさんは三郎の話を不思議なしゃべり方だと思った。それ以上に、

三郎もこのしゃべり方にいらいらした。もっと何とかならないものかと考えた。

　そこに友人の品田太一君がやって来た。

「やー、今日は……」

　品田君の調子の良い声が三郎の後ろから聞こえてきた。三郎は品田君に対する対応に困ってしまった。どう返事をすればよいのだろうと思った。

　三郎は品田君の返事にどもってはいけないと思いながら、ゆっくりとまた慎重に返事をした。

「やーーこーーんーーにーーちーーはーー」

　それはまるで、コンピューターの言語のようであった。三郎も喋りながら、自分の言葉にいらいらしてきた。どうしてこんな言葉しか喋ることができないのだろうと思った。

こんな言葉で喋っていると、品田君はびっくりして

「どうしたん、三郎君。体でも悪いん」

と、不思議そうな品田君の目が、三郎の目の中に入ってきた。それは哲学者のように、三郎の心の中をすべて調べつくしてやるぞという目であった。

三郎はその目にびっくりした。

「いーーやーー。どーーもーーせーーへーーんーーよーー」

と返事をした。自分でも自分の喋り方に腹立たしさを覚えた。なぜ、僕だけこう苦しまねばならないのかと神様を怨んだ。

心はこの社会を破壊してやろうという怒りで、いっぱいになった。二人で話をしていると番台のおじさんが

「ちょっとじゃまやで」

と迷惑そうな顔をした。三郎は、こんなしゃべり方では、駄目だと思った。

苦労して練習したことが、無駄とわかった。

この後、どうすればよいんだ。練習してこれじゃ、どうしようもないと思った。


一晩、三郎は吃音を治す方法を考えた。吃音は、子音と母音では母音を「どもる」のである。

「さ」（SA）と発音する場合、Aを「どもる」と考えた。Aを音声にせずにかすれ声にすればよいのである。これは風邪をひき、声が出せずに、空気音で話す状態である。

この考えを思いついた時、心の中から熱い思いが込み上げてきた。三郎は自分が偉い人物になったと思った。もうこれで三郎は、吃音に苦しまなくてよいと感じた。どうして早く思いつかなかったのだと、無意識は繰り返し三郎を責めた。

　次の朝、三郎はいつもより早く目が醒めたので、早めに朝食を食べた。中学生の三郎は育ちざかりであった。今日はとくに御飯がおいしかった。三郎は母に向かって、

「ＭＯＩＴＴＰＡＩ」（もういっぱい）

と、お茶わんを突き出して言った。

　しかし、かすれた声で話した音は母には届かなかった。母は台所で三郎の弁当を作っていた。もい一度、試してみた。

　三郎はお茶わんを突き出しつつ、

「ＯＫＡＡＴＹＡＮＮ」（おかあちゃん）

と、かすれた声で母を呼んでみた。やはり空気音だけでは、母の所まで声が届かなかった。

しかたなく三郎は、炊飯器の所まで行って御飯をよそった。御飯を食べるのであるが、さっきのように旨くはなかった。

母は三郎の異変に気がついたらしく、

「どうしたんや」

と、三郎の様子を気づかった。三郎は母に「どもり」を治すのでかすれた声で話しているのだとは言えなかった。

母は、三郎が風邪をひき、喉でも痛めたのかと思い、

「二、三日もすれば治るわ」

と言うなり、もうそれ以上は聞いてこなかった。

三郎は食事をさっさと済まして学校へ、早めに行った。

行く途中で、近所の山口君と一緒になった。三郎と山口君との目が合うと、山口君の方から、

「おはよう。三郎君」

　今日も勉強を頑張ろうなという気持ちを込めて挨拶してきた。

　三郎は軽く会釈した。山口君と一緒に歩くと三郎はほっとした。山口君は他人が傷つくことは言わなかった。

「OREKYOKOEOKASIINENN（おれ、今日声おかしいねん）」

と、山口君に気を使わせないようにした。三郎のかすれた声は、山口君には聞き取れなかった。

「え、なんやて」

と、山口君は三郎にもう一度話してくれるようにと聞き返してきた。どうしたのだと心配そうに、

「ほんまに声、おかしいな」

と、三郎に言った。三郎は山口君にどのように説明すればよいのか、母に説

明しようと思った時以上に困ってしまった。

山口君は、今の三郎のかすれた声よりも前の声がよいらしく、

「ぼく、いつもの三郎君の話し方、気にいっててんけどな。話がおもろいから」

と、山口君は音声の善し悪しで、人間の関係が結ばれるのではなく、大切なことは心の交流であると三郎に教えてくれた。

「僕、あの話を聞いた時、笑ったで……」

と、山口君は気にいっている話題をふってきた。

「あの話って……」

三郎は山口君に聞き返した。

「あの話や。君が、小学校四年生の時のやつや。夏の夕方、玄関で行水していると、近所の同級生の女の子が回覧板を渡しに来て裸を見られてしまった

というあれや」

「あれな……」

というなり、三郎は恥ずかしくなり、普通の言葉に戻ってしまった。不思議に吃らなかった。

「あの後、どうなったんやったっけ。君があんまりわんわんと泣いたから、女の子がお母さんを連れてきて、二人で謝りに来たと言ってたな。

それから、女の子の由美ちゃんと仲良くなり、クリスマスパーティーに呼ばれたと言ってたな。行水してんのを見られた時は恥ずかしかったけど、裸のところを見られたので気を使わんと由美ちゃんと遊べてよかったと言ってたやんか。また、ケーキも最高に旨かったと……。そやろうな。学校で一番美人の松本由美子さんとやからな」

その話を聞いてうらやましかったなと、山口君の体が示していた。山口君は言葉という音声を美しく言えるかではなく、話の内容が大切なんだと三郎にわからせようとした。

学校に着き、山口君と違うクラスに別れた後、かすれた声で話していたが、話そうとすればするほど、体の中にストレスが溜まるのがわかった。

また、その夜、どうすればよいのかを考えたがよくわからなかった。

中学校二年生の個人面談が十二月十日にあった。母は担任の津川純平先生と面談した。

「あの、三郎を大学までやりたいんですが、いかがでしょうか」

すると先生は、そこで一声うなってしまった。先生は母の真剣な顔に合うと、本当のことが言えなかった。

「そうですか。でも、お宅の息子さんは、数学は四十二点。国語四十五点。社会四十九点。理科三十五点。こうなんですよ。現在私の学級の生徒が三十九人います。その中三十八番です」

母は顔から血が引いていくのがわかった。息子を大学までやりたいのに、これじゃあ高校にも行けないと思った。自分の話した言葉がとても恥ずかしかった。

母は思いきって聞いてみた。

「三郎は高校への入学は大丈夫でしょうね」

高校は、間違いなくは入れると思った。ただ心配になってきたのであった。

津川先生は、

「高校も無理ですね」

と、とんでもないという表情であった。母は津川先生にどう返事をすれば良いか困ってしまった。無理もなかった。三十九番中、三十八番なのである。

どうして三郎はこうなんだと考えてしまった。

どう次の言葉を言えばいいのかを考えるのであるが、出てこなかった。

母は津川先生の顔をまともに見ることができなかった。

母と津川先生の間に、長い沈黙が続いた。

「どうも、面談ありがとうございました」

やっと母は津川先生にこの言葉を言うことができた。面談を終えた母は、三郎にどう言えばよいのかを考えた。しかし三郎を傷つけないで面談の結果を言うことは難しいことだと思った。


中学二年生の三郎は、子供から大人になる途上であった。性へ目覚めるころであった。また、性への目覚めは、死を自覚する年齢でもあった。三郎は自分が生きていることが段々と恐くなった。

三郎が学校へ行く途中に、野良犬が死んでいた。三郎は犬が目を見開いて死んでいるのが奇妙であった。その目は三郎を見ていた。犬の魂は三郎に叫んだ。

「どうして人間の車は俺をひき殺したんだ」

三郎は野良犬の叫びに対する、返事に困ってしまった。何も言えなかった。ただ死に対する恐怖心だけが湧いてきた。

三郎は、

「うるさな」

と、叫ぶなり野良犬の前を走り抜けた。三郎は、野良犬への答えを、見つけることができなかった。三郎は野良犬の死が、自己の死につながっていることを自覚した。だから三郎も死ぬのだ。

三郎の無意識は、自我に話し始めた。

「三郎。だから、今死ぬのも五十年後に死ぬのも同じやで。同じ痛みを味わうなら、今死ぬ方がええんとちゃうんか」

と、無意識は三郎を不幸の底へ突き落とすように話してきた。

三郎は、その通りだと思った。だが、死ぬことはとても怖いことだとも思った。犬の死ぬことと、三郎が死んでいるイメージが重なった。二つのものは一つに重なりものすごい勢いになり、三郎に迫ってきた。

そのため三郎は、死の恐れを止めることができない。

三郎はどうしても死ぬことはいやだった。死ぬことは包丁で片腕を切り落とされるよりも恐いことだとわかっていた。

しかし、考えれば考えるほど生きていることが、重要なことに思えてきた。

すると、自分のかけがえのない命が、愛おしくなった。愛おしくなると、どうせ死ぬのだから目的を持ち生きようと思った。

夕ご飯を食べながら、三郎は母に、

「お母ちゃん。俺な、勉強したいねん。塾に行ってもええか」

頼むように母に聞いた。家が苦しいのは三郎にもわかっていた。しかしなぜか勉強せねばならないと思った。母は考え込んでしまった。

三郎の家族は六畳一間のアパートに住んでいた。母一人、子供三人の暮らしであった。食べるだけのぎりぎりの生活であった。

それでも母は、

「おいわ、わかった。はよう、めしを食わんか」

と、任せておけという声で返事をした。三郎は、お金は大丈夫かなと心配した。そう思いながら死の恐怖が湧き起こってきた。

母は、アパートに住んでいる女教師に家庭教師を頼んだ。子供に、何が何でも勉強をさせたかった。

三郎は母の希望に応えるために、勉強せねばならないと思った。

先生の部屋で勉強することになった。先生は三郎に数学の分数を教えた。問題を書いた。

『$x \times 1/2 = 3/4$』という、問題である。

書きながら、

「ちょっと難しいわよ」

と、ぼそりと言った。三郎の頭はパニックに陥った。焦れば、焦るほど、訳が分らなくなってきた。三郎の焦りに追い討ちをかけるように、先生は、
「これはね。六年生の問題と中学一年生の問題が混ざっているのよ」

教えてくれた。三郎はこの問題を見てやっぱり勉強するのは無理だと感じた。

そう考えれば考えるほど、三郎は、やはりこの世に生きていても仕方がないと思った。三郎は今死ぬのも、五十年後に死ぬのも同じに思えた。三郎の無意識は困っている三郎の心を見て笑った。無意識の笑い声は段々と大きくなった。

三郎の無意識は、

「どもって困っているんやろう。死んだら楽になんで……。自分の命を絶つのは簡単やんか。戸を閉めてガスを出したら楽に死ねんで。ガスやから、痛ないしな」

と、三郎を死への旅路に、必要に誘ってきた。死ぬのは簡単だ。しかし、やはり生きねばならない。三郎は生きる意味を探した。

三郎は、いつも母の話している言葉を思い出した。

「三郎。おいや、あっこがかわいかとよ。一生懸命に産んだから。あっこを産む時、死ぬかと思ったとよ。汗が出てたまらんかった。だから、あっこにはしっかり生きてほしかと。母ちゃんがしっかり産んだんやから」

母は、三郎が自殺する予感があったのであろう。母親が真剣に話していることを三郎は思い出した。母の言葉を思い出すと、死ぬことは卑怯者のすることだと思った。母を悲しませてはならない。

しかしである、母は三郎よりも早く死ぬのである。母が死んでから先はどうするのか。そう思うと、母を悲しませてはならないから生きるのだという論理は無残にも、破れてしまった。

次の日、三郎は学校に行った。国語の授業があった。西田先生は恥ずかしそうに、

「僕にも悪い癖があってね。僕は中学三年生まで、おねしょをしていてね。

友だちにも言えなくて、困ったよ」

話した後、西田先生は話したことを悔やむような表情をした。

「だから僕は、大学でおねしょの問題を考えたよ。卒業論文という勉強があってね。よく調べたよ。自分の問題だから……」

自分の恥ずかしいことが、他の多くの人も困っていることだとも西田先生は語った。

三郎はそんな学問があるとは、不思議だった。おねしょを学問する。確かに西田先生はそんな話をした。

すると、三郎の中に変化が現れた。もう死ぬのはやめて、死ぬ気でできるものを探して、学問してもよいなと考えた。

そうや、大学で吃りを勉強するのはどうやろうと思った。でも、どう研究したらよいかわからなかった。

三郎は本で、吃音について調べてみた。

すると、吃音の研究はアメリカで盛んであることを知った。だから、吃音について研究するには、英語の学習が必要であることがわかった。

しかし、三郎は英語が苦手であった。

三郎は、吃音を学問しようという目的ができると、英語の勉強へのやる気が出てきた。英語をものにしてやろうと決めた。


授業が終わった後、三郎は同級生の川村に、

「お前、歴史の勉強はどうやってんねん」

と、勉強の方法を聞いた。

川村は、歴史が好きな生徒である。その中でも戦国時代の合戦が好きであった。だからよく知っていた。

川村は歴史に対して異常な興味を示した。織田信長が特に好きで、本をよく読んでいた。その知識が川村の活力を生んでいた。

川村は他の教科はできなかった。

「おれな、三郎。歴史の勉強をすると、体が熱うなんねん。みんながサッカーしてんのと同じ気持ちやろうなー」

川村は体育はできなかった。体が肥っていたので、動作が鈍かった。

「ななな何でお前、そそそそんなに社会の歴史が好きやねん」

と、三郎には理解のできない世界について川村に聞いた。

「おれ。合戦の本を読むとたまらんねん。わかるかな三郎」

川村は自分のことを理解してくれる友だちを見つけたかのように話した。

三郎は、

「ククククラスのみんなー。おおおお前のこと歴史馬鹿って言ってるでー」

と、川村の顔を覗き込むように言った。三郎は川村が「歴史馬鹿」と言ったので怒ると思った。

しかし、川村からは意外な返事が返ってきた。

「そう言ってんのか。みんなは……。おれ、うれしいな」

と、川村は恍惚状態になり、夢見るように言った。

三郎はもう一度、川村に確認するように言った。

「おおおお前。あほとちがうか。みみみみんな、お前のこと馬鹿って言ってんねんぞ」

川村は、なおも笑っていた。

「三郎、お前も知ってるやろう。おれは去年までは、ただの馬鹿やってん。今年はどうや。おれは、歴史馬鹿と言われてるんやろう。どっちがええねん。

考えてみい」

三郎はほんとだと思った。川村は去年までは、すべての学習ができなかった。

今年始まった歴史の授業から、人格が違う者になったように変わった。川村は歴史の学習では他の生徒より秀でていた。また、歴史担当の黒田先生よりも詳しかった。黒田先生もわからないことを川村に聞くことがあった。

そのたびに、川村のクラスでの存在感が増してきた。

「おれな、大学まで行きたいんや。歴史がこんなにおもろいとは、思わんかったわ。今、おれな、軍艦の本を読んでんねん」

と言うなり、川村は文庫本を取り出した。中には難しい漢字がたくさん書いてあった。

「おおおおお前、それ読めんのか」

三郎は川村に、思わず聞いてしまった。三郎は川村の学習能力を知っており、到底こんな難しい本は読めないと思ったからだ。

「大丈夫や。おれな、小学生用の図鑑で、名前を覚えたから……」

と、任せとけと、自信ありげに言った。川村は軍艦の名前ならすぐに覚えるといううわさが、学年中に広がっていた。三郎はそんなうわさを聞くと、興味とはすごい力だと感じた。

川村の様子を見ていると、三郎は、「どもり」についての勉強が自分にもできるかもしれないと考えた。

すると、駄目だ駄目だと思っていた気持ちが変わり、よしやるぞという心が、体の中から沸いてくるのがわかった。

「どもり」とは、よい学問の対象だと思った。ひょっとして、「どもり」について原因がわかり治療法がわかると、ノーベル賞をもらえるかもしれないと想像した。

そう思うと、自分が、吃音だということがありがたくなってきた。吃音ということは恥ずべきことではなく、誇りさえ感じることのできるものだとわかった。

吃音の研究を、一生の仕事にしようと勝手に決めた。将来は、吃音の世界的な研究者に成るんだと心に誓った。だから、三郎は明日から勉強を頑張るぞと思ってきた。

一か月後、三郎の家の玄関では、

「おおお母ちゃん、行ってくるわ。おれ、勉強頑張ってくるで……。だから

お母ちゃん大学まで行かせてな……」

と、三郎のうれしそうな、張りのある声が聞こえてきた。

そういえば、三郎の吃音は段々と治ってきた。母はそう思いながら、三郎を見送った。三郎の後ろ姿を見ていると、段々に目頭が、熱くなってきた……。

母は、三郎を見送りながら泣いた。泣きながら、三郎をいつまでも見送っていた。

虫めがね
小さな字が
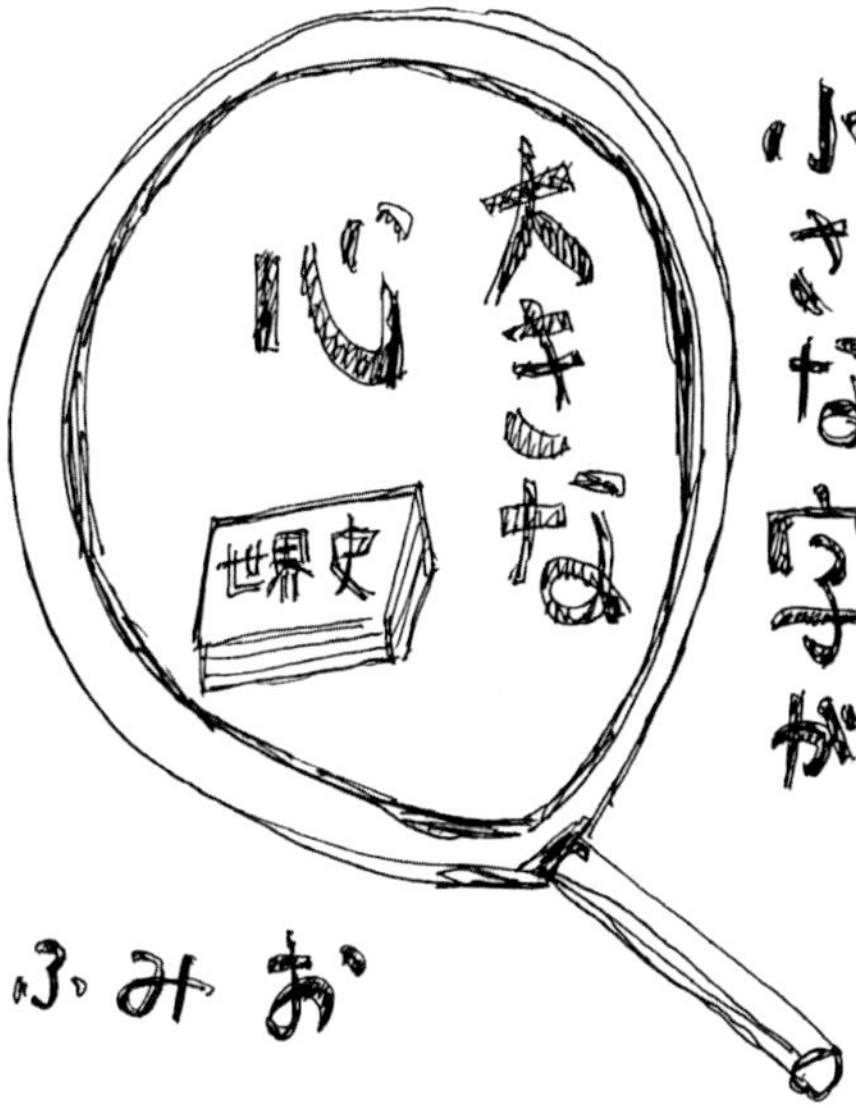

大きくなった
ありがたいと思う

ふみお

解説

塚本幸男

平成二十六年七月教師の集まる夏の合宿研究会で、塚本が三十五名の参加者に「走れメロス」（太宰治）の授業をした。

授業は佳境に入っていた。

「信じられているから走るのだ。間に合う、間に合わぬは問題ではないのだ。人の命も問題ではないのだ。私は、なんだかもっと恐ろしく大きなもののために走っているのだ。」

この意味をみんなで考えていた。久保田ふみおさんが手を上げて言った。

「間に合うか間に合わぬかは……問題ではない。で、もっと、恐ろしく大きなもののためというのは、つまり、どういうことかというと、それがなくなると自分がなくなる。つまり、ほら、自我の崩壊みたいな。それはほら、つまり、その、ビルで言うと根っこですね。根っこ。つまり、信じられているってことで走ったんだけど、そのうち、それは自分を、信じているってこと。信念。つまりそれがなくなると自分がなくなるってこと、今言っていること、わかりますか」

久保田さんは、いつも文章の表面上の意味ではなく、内面の意味を探求する言葉を言う。この久保田さんの言葉が参加者に与えた衝撃は、とてつもなく大きなものだった。久保田さんの語る一言一言がとても重かった。それは、メロスを通して、それぞれの人が持つ存在意義は何なのかを問うているようだった。

「メロスがそれをなくして壊れるものがあるように、あなたにとっても、それなくしてあなたが存在することができないようなものが、きっとあるはず。メロスは、そのために走っているのだと。実は、あなたも、あなたの人生の中で、そうしているのでは？」という問いだった。だから、みんなが衝撃を受けた。

あの授業から七年が経つ。今、久保田ふみおさんは、六十五歳を迎え、四十年以上勤め上げた小学校教師をこの春退職する。その際、一冊の短編集を著した。それが『僕への旅』。

最近書いた文章ではない。もう二十年以上も前のものだと言う。その文章は、更に遡り、中学、高校、浪人時代を描く。まさに「僕への旅」の途中だ。

多くの人にとってその時代は、青春の輝くような日々だろう……。でも、本当にそうだろうか？　多くの人にとって、それは思い出したくもないような屈辱と挫折と将来の見えない不安、そして処理できない性への衝動、不自由な友達関係を抱え込んでの暗い日々ではなかったか。

この本の主人公原田三郎は、勉強もできず、吃音で、その吃音を治そうとのめり込んだ共産主義運動でも挫折を味わう。母マツ子は、夫を早く失い、母子家庭で三郎を育てている。しかもここに登場する友達は、決して何かの才のある、また、個性あふれる人物とはとても思えない。平凡で、でも偏執狂で、そして、罪の意識が低い。そういう仲間とのやり取りで将来が開けていくかどうか。案の定、五つの短編の多くが悲惨に終わる。

けれど、読み終えると、なぜか、癒やされる。優しい気持ちになると言ってもいい。それは、飾りや技巧がまるでない文章。この文章は、原田三郎そのものを表していて、その言葉が、直に伝わってくるからだ。

「おっちゃん」にこういう文章がある。日雇いのワゴンに乗った三郎に語りかけてくる見知らぬおっちゃんの言葉だ。

「兄ちゃん。もうこんな所に来たらあかんで……。ほかの仕事が、できんようになるで……。そやから来たらあかんで……」と。その意味を三郎はずっと考える。

友達は、「ここの仕事が簡単やからやろ」と言う。けれど、その仕事はきついのだ。そうこうしているうちに三郎は、何度か釜ケ崎の日雇いに通う。

「こんな所に来たら彼女もできん。女がおらんもん」と別のおっちゃんが言う。

やがて、その本当の意味を知る。ここは敗者の場所なのだ。けれども、このみんなの人生は、三郎にとって聞くも寂しく、泣きたくなるような人生なのに、空だけはからっと晴れたものだったと言う。

他の四編も読んでいてどこか昭和の香りがする。自分の感情表現が回りくどいのも、若さの故と納得できる。けれど、偽りのない言葉にあふれている。

「死ぬことは包丁で片腕を切り落とされるよりも怖いことだと思った」という三郎や、三郎の吃音を笑った西田先生が、自分のおねしょを大学の卒論のテーマにした話、それが三郎に与えた希望も、本物の匂いがする。友達の川村が、「歴史馬鹿」と友達に言われて嬉しそうにしているのを見て驚く三郎に、「おれは去年までは、ただの馬鹿やってん。今年はどうや。おれは、歴史馬鹿と言われてるんやろ。どっちがええねん。考えてみい」それらの生き生きした言葉が、少年三郎にどれだけ生きる旅の楽しさを教えてくれたことか。それは同時に、三郎にではなく、読者への生きるエールにもなっていることに気づく。

さて、一般の読者は、この三郎少年が将来どうなったか知りたいと思うことだろう。ぜひ、作者の久保田ふみおさんにこの続きを書いてもらいたい。身近に知っている私としては、その人生は決して悪くないかもと言いたい。

解説者
塚本幸男（つかもと ゆきお）
1953年生まれ。千葉県出身の小学校教師。1976年から37年間千葉県の小・中学校及び四街道市教育委員会勤務。千葉教授学研究の会で学ぶ。現、事務局。現在、千葉経済大学短期大学部講師。千葉県四街道市教育委員会社会教育課勤務。著書に『授業の世界をひろげる』（一莖書房、1992年）、『教室を輝かせた子どもたち』（一莖書房、1993年）など。

著者略歴
久保田ふみお（くぼた ふみお）
1955年に鹿児島で生まれる
福岡教員養成所、玉川大学、日本大学卒業
日本詩人クラブ会員、千葉教授学研究の会会員
著書 『弥陀の涙』(東京文芸館、1993年)

僕への旅

2021年5月25日 発行

著 者 久保田ふみお
発行者 斎 藤 草 子
発行所 一 莖 書 房
〒173-0001 東京都板橋区本町37-1
電話 03-3962-1354
FAX 03-3962-4310

印刷・製本／アドヴァンス ISBN978-4-87074-232-1 C0093